U0640882

捧读

触及身心的阅读

克苏鲁神话

深渊的凝视

「美」奥古斯特·德雷斯（August Derleth） 著

二狮 译

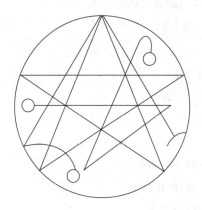

南方出版社

海口

图书在版编目（CIP）数据

克苏鲁神话. 深渊的凝视 / (美) 奥古斯特·德雷斯
著；二狮译. -- 海口：南方出版社，2024.1
ISBN 978-7-5501-8762-7

Ⅰ.①克… Ⅱ.①奥… ②二… Ⅲ.①幻想小说—小
说集—美国—现代 Ⅳ.①I712.45

中国国家版本馆CIP数据核字(2023)第219853号

克苏鲁神话：深渊的凝视

KESULU SHENHUA: SHENYUAN DE NINGSHI

[美] 奥古斯特·德雷斯【著】　　二狮【译】

- -

责任编辑： 韩光军

装帧设计： 仙境设计

出版发行： 南方出版社

邮政编码： 570208

社　　址： 海南省海口市和平大道70号

电　　话： （0898）66160822

传　　真： （0898）66160830

经　　销： 全国新华书店

印　　刷： 河北鹏润印刷有限公司

开　　本： 880 mm×1230 mm　1/32

印　　张： 8

字　　数： 182千字

版　　次： 2024年1月第1版 2024年1月第1次印刷

定　　价： 58.00元

序言

他一路追寻旧日支配者的踪迹

奥古斯特·威廉·德雷斯（1909—1971），出生于美国威斯康星州索克城，是二十世纪在美国相对有影响力的作家与出版商。从小就对阅读和写作（尤其是悬疑与奇幻小说）感兴趣，13岁时写下了他的第一篇小说，16岁时在《诡丽幻谭》（*Weird Tales*）杂志上发表了《蝙蝠钟楼》（*Bat's Belfry*）。

德雷斯一生创作了150多篇短篇小说，出版了上百本书，其涉猎题材极为广泛，包括但不限于悬疑、惊悚、奇幻、科幻、历史小说以及儿童文学等。其中，德雷斯对奇幻小说情有独钟，成为洛夫克拉夫特之后"克苏鲁神话"重要的创造者之一。

1926年，年仅17岁的德雷斯通过《诡丽幻谭》杂志向"克苏鲁"世界观的创始人洛夫克拉夫特写信。双方出于对奇幻小说的共同爱好，很快就成了笔友。在洛夫克拉夫特的一生中，他给德雷斯写了400多封信，并允许对方在自己的世界观上进行二次创作。随着越来越多的作者参与到洛夫克拉夫特所创作的世界观中，德雷斯首次提出了"克苏鲁神话"的概念，并创办出版公司——阿卡姆之家（Arkham House），首次将洛夫克拉夫特的短篇小说收集成册，出版面世。

同时，德雷斯本人也以克苏鲁世界观为基础，创作了大量短篇小说，完善其细节，强调正义终会战胜邪恶的个人英雄主义等。这一点在克苏鲁神话爱好者中备受争议，但德雷斯对克苏鲁宇宙的贡献毋庸置疑——是他让洛夫克拉夫特从一个四处碰壁的小众作者，成为二十世纪最重要的幻想小说家之一。同时，他让克苏鲁神话成为一片不断生长、不断自我完善的土壤，近几十年内衍生出无数小说、游戏与影视作品，让那只"沉睡于大西洋深处的大章鱼"的形象深入人心。

本册收录的五篇小说来自德雷斯作品集《克苏鲁的踪迹》（ *The Trail of Cthulhu* ），分别为《库文街93号》（1944年）、《天空守望者》（1945年）、《萨拉彭科深处的峡谷》（1949年）、《守密者》（1951年）与《黑岛》（1952年）。这五篇小说相互关联，讲述了几名年轻人在拉班·什鲁斯伯里教授的带领下，在世界各地调查克苏鲁行踪的故事。从美国新英格兰地区的沿海城市到秘鲁的马丘比丘遗址，从阿拉伯半岛的鲁卜哈利沙漠再到南太平洋的波纳佩岛——每个故事都是站在主角团一行人的角度去叙述的，通过探索旧日支配者曾在地球上留下的踪迹，试图定位克苏鲁所在的位置，以阻止其重新降临人间的阴谋。《克苏鲁的踪迹》最初由阿卡姆之家于1962年出版了精装版，于1976年由巴兰坦出版社（Ballantine）以平装本重印。

在这一系列短篇里，有诸多细节与洛夫克拉夫特的作品遥相呼应，比如印斯茅斯、深潜者、拉莱耶语以及大量记录了旧日支配者的古籍。如果说洛夫克拉夫特是在"不带个人情感"地描述宇宙中未知的恐惧，那么德雷斯则是带着些许"个人英雄主义"，并使用人类本身的神话体系将这种"未知"具象化了。德雷斯在故事里融入了大量人类文明中的传说与真实存在的文物，比如《圣经》里记载的故事、人类史前的大洪水、复活节岛上的雕塑、埃及法老墓里的天文图、北美印第安人的图腾、南太平洋群岛出土的雕刻等，他巧妙地将这些细节与克苏鲁世界联系在一起，用旧神与旧日支配者的存在解释了这些人类传说，证明克苏鲁是真实存在的。同时，德雷斯将旧日支配者的概念用水、火、风、土四大元素进行分配，用人类的争斗思维划分了阵营，降低了克苏鲁神话体系的理解门槛，并融入"热血正义的年轻人踏上征程""正义必将战胜邪恶"这种更易被受众接受的价值观，吸引更多读者融入克苏鲁这个本身相对小众的世界观里去。

德雷斯充分地理解了人性的善恶，这正是他在这本书里写的。拉班·什鲁斯伯里教授可能是唯一的、真正的英雄。在他身上，我们看到了他的敬业精神，也看到了他凝视深渊的代价。这本书对于所有《克苏鲁神话》的粉丝来说是一种愉悦精神的享受。

二狮于 2023 年秋

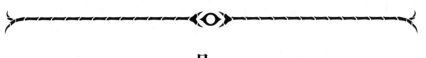

奥古斯特·德雷斯

库文街93号

The House on Curwen Street

（1944年）

《库文街 93 号》导读

1. 德雷斯作为"克苏鲁神话"概念的创始人,其代表作《库文街 93 号》于 1944 年 3 月首次发表于《诡丽幻谭》。

2. 德雷斯在这篇小说里首次创造了克图格亚这一旧日支配者形象,但在《黑暗住民》中才对其进行了外观上的描写。克图格亚属于火元素,外观像是一团长着触角的火焰,可能是后世太阳神以及火神崇拜的起源。

3. 在这篇小说中,德雷斯创造了一种有趣的饮料——金色的蜂蜜酒。德雷斯在色泽和味道方面对这款神奇的饮料进行了生动的描写,并强调了它在提升感知力、沟通梦境方面的作用,所以它成为克苏鲁爱好者喜欢探索的美味,并创作了酿造方法。

4. 星形石在克苏鲁神话体系中常被赋予不同的功能。在这篇小说中,德雷斯赋予了星形石全新的作用——护身符。

5. 克拉克·阿什顿·史密斯创造的乌波·萨斯拉是克苏鲁神话中的外神之一。在这篇小说中,德雷斯首次将乌波·萨斯拉定义为万物之源,从它这里诞生了其他旧日支配者。德雷斯在这篇小说中首次详细阐述了他对于"旧日支配者"的理解,几乎涵盖了他认为的所有能够放在"旧日支配者"里的存在,除了乌波·萨斯拉之外,还有阿撒托斯、犹格·索托斯、克苏鲁、哈斯塔、奈亚拉托提普、莎布·尼古拉丝、罗伊格尔、札尔、伊塔库亚、克图格亚以及撒托古亚。

6. "无以名状者"哈斯塔作为旧日支配者之一,在这篇小说中首次被德雷斯定义为克苏鲁同父异母的兄弟。

7. 德雷斯在这篇小说中提出,克苏鲁与克丘亚-阿雅尔人神话里的战神"吞噬者"可能是一个物种。

1938 年 9 月 1 日晚上，安德鲁·费兰在家中神秘消失了，并留下了极具争议的手稿。位于马萨诸塞州阿卡姆镇的密斯卡托尼克大学图书馆向波士顿警局申请获得该手稿，并将部分内容公布于众。经图书馆馆长兰费尔博士的批准，我们在此转载其内容。由于部分内容的暗示性过于危险，或其概念对当代人来说太过怪异而不得出版，我们对手稿做了一些删减。

人类必须准备好去接受一些概念，比如宇宙本身，以及在翻涌的时间洪流中人类所处的位置——仅仅是提起这些就令人晕眩无力。同时，人类应当对某种潜伏的危险保持警惕，尽管它不会吞噬整个种族，但或许，它会给那些具有冒险精神的人带来一种恐怖的、不可预测的危险。

——H.P. 洛夫克拉夫特

不得不说，我接下来遭遇的一系列怪事，都是因为《星期六评论》周刊里的一则奇怪但令人心动的招聘广告——

现招募一名身强力壮、头脑敏锐，但想象力有限的年轻人。如果你有基本的文秘能力，请来马萨诸塞州阿卡姆镇库文街 93 号面试。报酬丰厚。

当时，我的生活有些捉襟见肘，未来几周的食宿都没有着落。我迅速浏览完私人广告栏，目光又回到了这则广告上。这个工作看似平平无奇，却对我有一种无法拒绝的吸引力。

阿卡姆镇距离波士顿只有几个小时的车程。这是一个阴森、古老、一成不变的小镇，鳞次栉比的复斜式屋顶里曾躲藏过被猎杀的女巫，大量怪谈、传说在此处孕育而生。当你走在密斯卡托尼克河边狭窄的街道上，仿佛能触摸到过去几个世纪所留下的痕迹，甚至能感受到那些曾在此处生活过，又早已化作尘土的灵魂。我在 6 月初的一个傍晚再次抵达阿卡姆镇，心情颇为愉悦。

我精心打点了行李，带上了所有这份工作可能用到的物品，当然，如果我能被聘用的话。抵达阿卡姆车站后，我再次检查了一遍我那结实的行李箱，随便填了一下肚子，便找了一份城市名录，以确定库文街 93 号居民的身份——拉班·什鲁斯伯里教授。

直觉告诉我，什鲁斯伯里教授可能是一个很有影响力的人，所以，我先去密斯卡托尼克大学的资料参考室打听了一下。结果收获颇丰，我不仅获得了一份他在当地的档案，还找到了一本他于两年前撰写、出版的书。这份档案很有用，给我提供了丰富的信息。我了解到，什鲁斯伯里教授是一名神秘主义信徒，同时教授神秘科学和哲学，是一位在古代神话与神秘学领域的专家。至于他的书，我很惭愧地说对我来说没什么用，因为它在很大程度上超出了我所能理解的范畴。你看这个标题——"以《拉莱耶文本》为基础论现代原始人的神话结构"——就令人生畏。

我粗略一扫，没能获得任何对我有意义的信息，除了我未来的雇主曾从事过某种研究，虽说这个研究方向不是我的专长，但也不会感到厌烦。我在掌握了这些信息后，开始前往库文街。

库文街93号看起来与周边的房屋一模一样，毫无特色，仿佛是由同一个想象力匮乏的设计师设计，然后由同一家建筑公司批量生产的。房子的内部空间很大，但从外面看不出来。窗户都是平开窗，很小，那一座座三角尖上的房檐似已摇摇欲坠。雨水在墙面上留下了斑驳的痕迹，但还没到必须重新粉刷的程度。此外，房子左右两侧各种了一棵参天大树，我无法用肉眼推测它们的树龄，但应该很老，比这座屋子还古老。岁月的气息在此处沉淀，几乎触手可及。每天此时，黄昏的最后一刻，暮霭如同某种有质感的烟雾弥漫于大街小巷之间，让这老宅看起来格外阴森，但我知道，这不过是光影的自然效果。

窗户里半点儿光都没有。我在门廊前站了一会儿，心想：选择此时来拜访我未来的雇主是否合适？还好时间并没有错，因为正当我举起手准备敲门的时候，那扇门竟开了。我发现我面对着一名老人，长发花白，我一眼就注意到他戴了一副深色、不透光的墨镜，以至于我从侧面也无法看到他的眼睛。墨镜下，老人长着一个锋利的鹰钩鼻，他没留胡须，露出棱角锋利、微微前凸的下颌，嘴唇半挺着。

"您好，请问是什鲁斯伯里教授吗？"我问道。

"是的。请问我能为你做些什么？"

"我是安德鲁·费兰。我看到了您在《星期六评论》周刊上发布的招聘启事，我想我可以试试。"

"哦，快进来吧，你来得正是时候。"

当时，我并没在意这句话里隐藏的信息，只是以为他本来就在等什么人——当然，教授很快就告诉我的确如此。他的意思是，在约好的来访者出现之前，我来面试得正是时候。

我跟着老人穿过一间光线昏暗的客厅，这里的光线实在是太暗了，我不得不小心翼翼地走着，以免摔倒。随后，我进入了主人的书房——这里的天花板很高，书架上、桌上、椅子上甚至地上，铺天盖地的都是书。老教授招呼我坐下，他自己也坐到了桌前，并立即开始向我提问。

"你懂得拉丁语与法语吗？"

我立刻答道："当然，我能熟练地使用这两门语言。"

"你会拳击和柔术吗？"

我感到一丝庆幸："我对这两件事都有一定的了解。"

老教授似乎特别关心我的想象力，他不停地反复问我一些奇怪的问题。虽然教授没有直接说，但我感觉，他的目的似乎是要测试我是否容易受到惊吓。教授解释说，有时他需要去偏远、陌生的地方进行研究，偶尔会遭遇当地暴徒袭击而陷入危险。因此，必要的时候，他需要秘书能同时充当他的保镖。当然，教授说这种事出现的概率很低。

"那么，你会记笔录吗？"

"我想我能做得很好。"

并且，教授希望我能熟悉某些方言。当我告诉他我曾在哈佛进修过语言学时，他似乎格外满意。

"你可能在想，我为何需要一个想象力有限的人，"教授解释道，"这是因为，我的实验研究太过独特，而一个想象力丰富的合作者，或许会从中窥见一定的本质，从而质疑我的工作所带来的宇宙启示。坦白地说，我得预防这样的事发生。"

当时，我已经隐约感觉到，什鲁斯伯里教授身上有些让人不安的东西，但我既不清楚那是什么，也无法明确这不安有什么依据。或许，是因为我看不到他的眼睛，那副墨镜仿佛把所有的光都吞噬了，令人不适。不，这似乎不是问题的关键，我的那种不安来自一个更加唯心的层面，但凡我是一个容易屈从于直觉的人，我都不会继续做这份工作。这间屋子明显不对劲，你不需要想象力也能感受得到。我所在的这个房间里，弥漫着一种令人恐惧而敬畏的气息，与满屋子书籍、旧报纸的霉味极不协调。我被一种持续而荒诞的感觉所裹挟，这里根本不像是阿卡姆镇河边一座平平无奇的老房子，反倒更像是远离人类居所的什么地方，比如说，一座原始森林里的废弃恐怖屋；又或者，黑暗与光明交界处的混沌之地。

我未来的雇主似乎察觉到我脑海中萌发的疑虑，他特意用一种安抚性的方式向我解释他的工作，似乎是想与我结盟，一起抵抗外界的审视。世人总是带着一种具有侵略性的好奇，让专家、学者的工作与思想受到怀疑与贬低。也正是因为如此，教授说他更希望和我这样的人合作，因为在此之前，我对他没有任何偏见，而在合作后，也不会再被偏见侵蚀。

"我们这样的人，会去很多古怪的地方探寻离奇之事，"老教授说道，"一些关于人类存在的本质，就连我们这个年代最伟大的人也不敢提出猜想。在科学家里，爱因斯坦和薛定谔已经很接近了，已故作家洛夫克拉夫特则更进一步。"

他耸了耸肩："不过，言归正传——"

什鲁斯伯里教授当场就录取了我。这份工作的报酬很丰厚，犹豫一

约翰·吉安塔为德雷斯作品所绘插画

秒都显得愚蠢。显然我没有。一接下工作，老教授便严肃地告诫了我两件事：第一，不要把房子里发生的事或是我所观察到的现象，告诉任何人。"你所看到的，可能并非事情的真相。"他神秘地说道。第二，不要感到恐惧，哪怕事后没有得到直接的解释。

老教授直接在库文街93号给了我一个房间，一旦行李被寄来，他希望我立刻开始工作，因为他想尽可能多地记录下他与来访者的对话。教授要求必须在隔壁房间或是其他隐蔽的地方进行笔录，因为他费了好大功夫，才把这位先生从印斯茅斯请来谈话。教授有些担心，如果还有除他之外的人在场，来访者会拒绝开口。

教授没有给我提问的机会，只是把纸笔塞进我的手里，并告诉我，我可以躲在书柜那个设计精巧的窥视孔后面偷听。随后，他把我带到楼上一间狭窄的三角阁楼。在与他共事的这段时间里，这里会是我的房间。我好像一下子从秘书、助理升级成了共事的伙伴，有些受宠若惊，但我来不及细想这件事，因为，在我下楼之前，教授就注意到，他的访客已经来了。不待教授开口，沉重的大门就传来"砰砰"的敲门声，教授示意我躲到藏身处，便去接待他的夜间来访者。

当我的雇主第一次提起这位来访者的时候，我很自然地以为，那人也从事着同样的研究，因此，当我从小洞里窥见来访者时感到非常诧异，无论如何，我都没想到会在什鲁斯伯里教授家里见到这样的人。他看起来是一名精壮的中年人，皮肤黝黑——黑得让我以为他是印度人，直到他开口讲话，我才从口音里分辨出他来自南美。从男人那身航海制服上看，他显然是一名水手。通过两人互动的方式，我能看出他之前就与教授认识，但很显然这是他第一次来到库文街93号。

起初的一段谈话太小声了，我听不清，但显然，那并非属于我需要记录的内容。因为，等两人在书房里坐下后，教授才提高了音量，来访者也跟着大声起来。我当时抄录的对话内容如下：

　　"我希望你能从头和我说，费尔南德斯先生，去年夏天到底发生了什么？"

　　不过，费尔南德斯无视他的建议，直接从上次对话结束的地方开始讲述。他说话时，英语混着西班牙语，很奇怪，但我能听懂："当时是晚上，天很黑。我没和那伙人在一起，我就一直走啊走啊走，我也不知道在哪儿……"

　　"根据地图，你当时在马丘比丘附近？"

　　"对，但我不知道具体在哪儿。而且，你知道的，事后我们找不到那个地方，甚至找不到我走过的那条路！当时下雨了，我冒雨前行，还听到了一阵音乐。那节奏很奇怪，像印第安人的音乐。你知道，那边生活着古老的印加人，而且他们……"

　　"是的，没错，"教授打断了他，"我知道那些印加人。这些我都知道。我更想知道你当时看到了什么，费尔南德斯先生。"

　　"我一直往前走，完全不知道自己是在哪个方向，但我记得那个音乐声听着越来越大声了，有那么一会儿，我甚至以为那乐声就在前方。可我往那个方向走去，却来到了一处陡崖，我摸了摸，那是坚硬的石头。我一边摸索，一边绕着它走，紧接着一道闪电劈开夜空，我才看清楚，那是一座高山。然后，那件事就发生了，我也不知道该如何形容。突然间，那高山似乎消失了，或者说我被移去了别处。我发誓我没有喝酒，没有出现幻觉，也没有生病。随后，我摔在了一个什么东西上，那是一个门洞——或者说，一个由岩石搭建出的门洞——从那里下去是一片黑水。不远处，还有一群半裸的印第安人。你知道我在说什么，就是十六七世纪西班牙军队征服美洲时，印第安人的那种打扮。那片水里还有东西，乐声就是从那里传来的。"

"水里？"

"是的，先生。那水里有乐声，当然，水外面也有。当时有两种不同的乐声，一种像是有致幻作用，甜美醉人，而另一种则是印第安人的音乐，那是狂野的管乐，不太好听。"

"你能描述一下，你在湖里见到了什么吗？"

"一个很大的东西，"费尔南德斯停顿片刻，眉心紧蹙，"太大了，我都不知道怎么形容，它简直就像一座山，但显然，那不可能。它的质地类似某种胶质，外形一直在变化，一会儿细长，一会儿又矮矮胖胖的，长有触角。它会发出一种类似'咯咯'的哨声。我不知道那些印第安人在对它做什么。"

"他们是在向它朝拜吗？"

"有道理，可能是在朝拜！"费尔南德斯兴奋了起来，"但我也不确定。"

"你后来回去过吗？"

"没有。当时，我觉得我被跟踪了，直到现在，我还时不时会那样认为。那事之后的第二天，我们又回去找了找。也不知怎的，那天晚上我只找到了回营地的路，其他什么都没有发现。"

"你刚说你觉得自己被跟踪了——你知道是被什么跟踪的吗？"

"可能是其中的一名印第安人，"水手若有所思地摇了摇头，"好像是一个什么影子，我也不清楚，也可能不是。”

“当你遇到那些印第安人的时候，你有听到他们说话吗？”

“有，但我听不懂他们的语言，可能是他们自己的方言吧。不过，我有听到一个单词，可能是一个名字……”费尔南德斯欲言又止。

“嗯？什么名字？”

“发音听起来像是‘舒鲁’。”

教授恍然：“克苏鲁！”

“哦，是的！”费尔南德斯用力地点头，“但除此之外，我觉得他们就是在大喊大叫，我什么都听不明白。”

“那个你在湖里看到的东西——它是不是有点像克丘亚文化里的战争之神‘吞噬者’？我想你一定知道查文石吧？”

“是的，我知道。我们这一行人在来到印加古国前，曾多次研究过它。我们是在利马国家博物馆看到的查文石，然后，从那里前往阿班凯，再进入安第斯山脉来到库斯科，继而通过维尔卡诺塔山脉前往奥扬泰坦博，最后才去的马丘比丘。”

教授说道：“如果你仔细研究过查文石，那你一定会注意到，在那块闪长岩做的石雕上，毒蛇是从‘吞噬者’身体各处长出来的。现在，说回你在地下湖里看到的那个胶状怪物，它身上是否也长满了触手？”

费尔南德斯摇头：“它身上长的不是毒蛇，先生。”

教授并不在意：“终归它身上有长条状的东西长出来，对吗？是不是蛇不太重要。”

“没错，有的。”

“这事发生的时候，你在萨拉彭科堡垒遗址附近吗？”

"已经走过堡垒了。你也知道那边的地形，堡垒在河流右岸，它很大，且和周边的建筑风格完全不同。堡垒是由大块梯形花岗岩组成的，这些石块大小均匀、排列整齐，缝隙间没有使用黏合用的砂浆。

"那片城墙面朝河流，有十五英尺高。那个地方在这个堡垒下方，花岗岩山脉被一条深不见底的峡谷切开，那里曾经生活着克丘亚－阿雅尔人，他们在河流环绕的岩石顶端建造了神秘的马丘比丘，当然，现在已成遗址。那个地方四处几乎都是峡谷。当晚扎营的时候，我们已经离那个地方很近了。团队中有两个人不想去，一个想去萨克萨瓦曼，但我们大多数人都是为了马丘比丘来的。"

"当时你离萨拉彭科遗址有多远？"

"可能一英里，或者两英里。我们当时在低洼地带，山路崎岖，怪石嶙峋，沿途的大树和灌木也很茂盛。"

两人的对话进行到此时，却被什么东西极其诡异地打断了。什鲁斯伯里教授刚想张嘴再问点儿什么，却好像突然意识到了什么——那是我无法感知到的东西——他的脑袋轻微地抽搐了一下，像是听到了什么声音。教授抿紧双唇，突然起身，并急切地请费尔南德斯先生以最隐秘的方式离开。他叮嘱对方，在回印斯茅斯的路上必须高度谨慎，千万不能被人看见。说着，他火速把人送到后门，还不等那门关上，他就回来了。

"费兰先生，不一会儿工夫，就会有一名先生来这里寻找费尔南德斯。等一会儿敲门声响起，你就去开门，并告诉对方——你从没见过费尔南德斯，你不知道这人是谁，你从没听说过这个名字。"

我没有时间质疑这个指令，退一步讲，我想我也没有资格。什鲁斯伯里教授向我伸出手，我把抄录的笔记递了过去，也正是在这个时候，敲门声蓦地响起。老教授对我轻轻一点头，我就去开门了。

门前站着的那个人，让我感到一种从未感受过的恐慌。光线太昏暗了，诚然，屋子前没有路灯，但我身后大厅里透出的微光也没能起多大作用，甚至给他打上了一层更奇怪的滤镜——我发誓，这位仁兄长得很像某种诡异的两栖动物，我知道这个想法很不理智，但我的形容并无不妥——他让我想起了坦尼尔插图版《爱丽丝梦游仙境》里的青蛙男仆。只见他一只手扶在铁门栏上，手指与手指之间长着蹼。更糟糕的是，他全身散发着一股浓郁的海腥味，不是弥漫于海岸边的那种，而是一种来自深海的气息。我看着那张宽到奇怪的嘴巴，以为他的嗓音会与他的相貌一样令人感到不适，但恰恰相反，他的英语非常流利，还带着一些夸张的礼貌。他问我，他的朋友蒂莫托·费尔南德斯先生是否来过此地。

我答道："我不认识什么费尔南德斯先生。"

对方在门口站了一会儿，沉思着，用一种若有所思的眼神盯着我，随后，他点了点头，向我道谢，还说了晚安，便转身消失于夜晚的迷雾之中。

我回到了教授的书房。什鲁斯伯里教授正盯着我所记录的笔记，头也不抬，只是让我描述一下刚才敲门的人。我如实一一道来，没有漏掉哪怕一丝衣着上的细节，甚至包括第一眼看到他时，我心底的那种好奇和恐惧。

教授脸上挂着一丝冷笑，点了点头。"这些东西，到处都是。"他隐晦地说道。不过，教授并没有对这个怪人做出任何解释，倒是和我分享了他对费尔南德斯先生那件事感兴趣的原因。

老教授说，在他仔细地研究此事之后，心中疑云丛生。很久以前，学者们已然达成共识，在广阔的中亚高原，特别是神秘的冷原，人们朝拜、祭祀的形式和其他大陆上的古文明存在着一些共性，毫无疑问，部分习俗以不同的方式流传了下来。

"比如说，基米奇[1]曾经问过，与南美奇穆文明同时期的高棉文明[2]是从哪里来的？在印度，部分达罗毗荼人被雅利安人驱逐，从而来到马来西亚与波利尼西亚，这群人很快又与白人混合，继续东行，最远的抵达了复活岛以及秘鲁——他们显然还带来了自己文化里的祭祀习俗与信仰图腾。长话短说，我越来越觉得，在那些古老的文明与信仰之间，存在着某种本质上的联系，但我们却知之甚少。目前，我怀疑克丘亚－阿雅尔人神话里的战神'吞噬者'，和那个生活在人类文明之前的水中巨兽克苏鲁，其实是一个东西。令人生畏的是，这种古老的对克苏鲁的崇拜延续至今，深深扎根于某些鲜为人知的团体中。这些狂热的追随者们，有着一种强烈的、几乎是恶毒的决心，坚决不让世人窥见关于克苏鲁的蛛丝马迹——直到他们认为，克苏鲁降临的吉时已至。"

教授就这样说了好一会儿，但大部分内容我都听得云里雾里，或许他也察觉到了我的疑惑，但他并没有解释。不过，我能确定一件事，那就是——基于什鲁斯伯里教授对这些狂热信徒的了解，他对费尔南德斯先生的处境感到担忧。教授没有明说，但我认为，方才在门口出现的第二位来访者，就是那样一名狂热信徒。尽管教授的描述含糊而笼统，我依然感受到了一个概念，由于涉及人类的史前崇拜，它有着一种跨越时

---

1 | 没有在历史上找到这位学者，可能是虚构人物。——译者注

2 | 原文为 "the chimu civilization of Khmer"。——译者注

空、令人窒息的浩瀚，同时，这个概念里暗藏的恐怖及其恶魔一般的组织结构，让我起了一身鸡皮疙瘩。

老教授又和我讲了伦敦学者福莱克森的故事，这位学者宣布自己在东印度群岛上找到了一些事关某远古生物的重要线索，不久后，他就在泰晤士河——靠近伦敦东区莱姆豪斯的地方——淹死了；老教授还讲了考古学家切瓦尔·沃登爵士，他在西澳大利亚发现神秘的黑色巨石阵后，也遭遇了意外死亡；最后，教授还提到了当代最伟大的惊悚小说大师 H.P. 洛夫克拉夫特先生。通过大量自称为虚构的小说，洛夫克拉夫特逐渐揭露了那个崇拜克苏鲁－奈亚拉托提普－旧日支配者的团体。特别是那本《疯狂山脉》，主角通过科考队，在南极荒原发现了恐怖的古老者遗迹，这本书像是开启了潘多拉魔盒一般，充满了启示性。可是，在洛夫克拉夫特发表了这些故事之后，他就被一种不知名的疾病缠身，不幸与世长辞。

我按教授的要求，把费尔南德斯的谈话笔录抄了三份，然后便回房休息了。这个晚上，我被一件接着一件的事情推着走，直到躺上床，才有时间细细品味起来。我突然意识到，在今晚发生的那么多事情里，什鲁斯伯里教授对一件事闭口不提，仿佛它根本就不存在——那就是，我的雇主似乎一早就展现出了某种未卜先知的能力，只是我当时没有意识到。比如，我当时还没敲门，他就把门打开了。在费尔南德斯拜访之前，他也提前感知到了。更不用提那个上门询问费尔南德斯的怪人了，教授提前预知的能力简直令人惊异。他是怎么知道对方要上门的？我思索着，或许，教授在听觉上天赋异禀，可以听到常人无法听到的脚步声。可即便如此，他也只能听到脚步声，又如何知晓来访者为何人，有什么目的呢？

我对此深感困惑，一直思考了大半夜，睡着的时候，依然没有找到答案，但蒙眬间，我感受到这个房间里充满了一种古老的气息，时光在这种气息中沉淀，神秘的传说疯长，有一种令人无处逃脱的恐怖感。

二

工作的第二天，我花了好几个小时和教授一起研究那些他从全世界各地搜罗来的东西，随后，他打发我出门去拿报纸。教授告诉我，他平时几乎不出门，以至于阿卡姆镇上大多数居民都不知道他的存在。所以，我需要频繁地帮他跑腿。一般情况下，除了《纽约时报》，教授什么报纸都不看。他对俗世里发生的事无甚兴趣，哪怕是那些可能在欧洲导致第二次世界大战的国际大事。可那天，他主动提出自己想看《印斯茅斯邮报》与《新霍里港快讯》，他坚信这两份报纸里可能有他想找的信息，如果当地新闻没有报道的话。正是因为这份报道，我在那天晚上做了来库文街93号后的第一个噩梦。

最后，教授是在《印斯茅斯邮报》里发现了他想找的信息。他剪下一篇简短的报道，递给我，并要求我把这份剪报与之前抄录的对话一起归档。根据教授昨晚讲述的那些死亡事件，这份报道充满了预示性，可以说是恐怖至极：

今日午时，我们在恶魔礁附近打捞起一具水手的尸体，他于

1928年冬天从被联邦特工废弃的那座码头上坠落身亡。今日清晨，有当地目击证人报告，这名水手当时有一个同伴，他走在同伴身前，但等证人来到落水处时，同伴就不见了。那些关于落水事故的传闻中，总是有人提及一些"长蹼的手脚"，不过，我想那都是喝醉以后的胡言乱语。我们确定死者的身份是蒂莫托·费尔南德斯，供职于特鲁奇洛城外的"昌昌"号。

寥寥数字的报道，却蕴藏着巨大的不祥，可教授对此只字未提。显然，他早就预料到了这样的事。在对此事的关注中，教授并没有什么遗憾的情绪，而是展现出了一种随意的、坦然自若的接受感。他对这件事没有任何评价，并用这种态度示意我不要提问。不过，这件事最终还是对他产生了影响。只见教授坐在那儿，花了很长时间仔细研究笔录，随后，他从文件里找出一张细致的秘鲁地图，仔细审视了马丘比丘、库斯科、萨拉彭科堡垒遗迹和维尔卡诺塔山脉那一带的安第斯山区，最后，他在堡垒和马丘比丘遗迹之间标记了一块区域。

教授研究地图时格外专注，没有发出半点声音。毫无疑问，这也是导致我做梦的原因——是那个令人惊奇的一连串梦境中的第一场——我的雇主在钻研完地图后，显得十分古怪，虽说时间尚早，但他宣布收工。天还没完全黑，窗外传来鸟儿们在入夜前的低声啼叫。然后，教授从书桌里拿出一瓶他亲自酿造的陈年蜂蜜酒，要求我必须喝上一杯。那奇妙的金色液体落入迷你的比利时利口酒酒杯，泛着一种令人愉悦的色泽。不过，杯子很小，那分量少得都无法没过嘴唇。我喝了一口，发现这酒是如此香醇，让人觉得无论付出什么努力，只要能尝上那么一口都是值得的。就连最古老的基安蒂酒或是最优秀的滴金酒庄酒都比不上这个味道，哦不，把这两者放在同一水平上比较，简直是对教授这酒的亵渎。这酒虽说火辣，但它化作一股困意涌上了头。我不再纠结于教授为何提前结束工作，与他道了晚安，便昏昏沉沉地上了楼。

我想我一定是衣服都没脱就上床了，因为早上醒来的时候，我依旧穿着这套衣服。然而，在黑夜与白昼之间，我的那些梦境是如此真实鲜活，一个接着一个，以至于我为了确保自己没疯，一段时间之后，去看了精神科医生。即使我在日后没有发现那些惊人的、可怕的暗示，我依然能把这些梦一字不差地讲述出来。

阿森纳斯·德沃托医生尽可能简明扼要地记录下了我的梦境的内容。因此，我把医生笔记收录进了自己的手记。

【病例背景】

安德鲁·费兰，二十八岁，白人，出生于马萨诸塞州罗克斯伯里。

【第一场梦】

什鲁斯伯里教授来到我的房间，手里拿着我的记录板与几支铅笔。他弄醒我，递过手里的东西，并说："跟我走。"随后，他推开了我房间朝南的那扇铅窗，并向外张望。夜色一片漆黑，他扭头和我说了一句"再等一会儿"，仿佛我们要去什么地方。紧接着，他从口袋里摸出一枚形状怪异的哨子，吹了一声。在哨子发出奇怪的"呜呜"声后，教授又对着天空大喊：

"Iä! Iä! Hastur! Hastur cf'ayak' vulgtmm,vugtlagln,vulgtmm! Ai! Ai! Hastur!"

约翰·吉安塔为德雷斯作品所绘插画

随后，教授拉着我的手，踏上那又高又窄的窗沿。我跟着他，一起踏出窗外，可并没有坠落。我低头一看，发现我们各自骑着一头黑翼蝙蝠般的巨兽，它正在以光速飞行。很快，我们就抵达了一个群山环绕的地方。起初，我以为这是什么无人区，但很快我就意识到，我们在一个偏远的、难以抵达的地方，但这里曾是某种古文明的摇篮。不远处，有一座由巨大的梯形花岗岩块搭建成的古建筑，还有诸多石柱。它的身后，是一面足足有我两倍身高的高墙。不过，我们的目的地显然不是此处。什鲁斯伯里教授转过身，带我走上一条古道，沿途散落着大量的废弃石块，应该曾是那宏伟的古建筑的一部分。我们沿着峡谷越走越深，穿过山的缝隙与河谷，最后已经没有路了，我们又攀上峭壁，一路摸索着缝隙与小径以及突起的大块岩石。

　　我们的进展极快，好像无论是时间还是空间都不能阻挠我们的脚步。事实上，在这个梦境中，时间并不存在，因为我完全没有感受到时间的流逝，以及自身的生理需求。不过，我能确定那是在晚上，星星也在正确的位置：南十字座、大犬座，以及其他几个我能认得出的星座。什鲁斯伯里教授似乎知道他要去哪儿，并已经抵达了他所寻找的地方。我看着他的双手用力抵住一面巨大的石墙，脚底下是一条往峡谷方向倾泻奔腾的河流。

　　突然，那面石墙上裂开了一道口子，我们走了进去。这是一条狭长、陡峭向下的甬道，但并不长。什鲁斯伯里教授在前带路，我紧随其后，我感觉这一路好像都在飘浮之中。很快，视野开阔起来，我们抵达了一处空旷的地下洞穴，那里泛着一片诡异的绿色荧光，有着一种潮湿的质感——似乎是来自不远处的湖。我突然意识到，这就是水手费尔南德斯所描述的地方！什鲁斯伯里教授快步走到水边，拿手指蘸了蘸湖水尝了尝。我见他如此，忍不住也走了过去，尽管水边都是黑绿色的泥浆——这里几乎没有什么土，只有岩石上覆盖着薄薄一层淤泥。水是咸的。

"和我想的一样。"什鲁斯伯里教授说道，"这个湖底有通往太平洋的地下暗渠，最后一定会汇入秘鲁寒流[3]。"教授让我记下这个点，再对洞穴进行仔细地描述，但这里的光线太暗了，我只能尽可能地把我所看到的写下来。

"这事又和秘鲁寒流有关，已经是第二起了。也就是说，这个洋流在某个时刻会在海底经过已经淹没的拉莱耶古城。"教授一边自言自语，一边示意我把他的猜测全部记录下来。

正当我忙着做笔记时，不远处的墙后出现了一名印第安人。什鲁斯伯里教授一见到他，就上前用西班牙语与他交谈，但对方摇了摇头，威胁似的抄起了手中的战棍。教授连忙从他的口袋中拿出一块类似五角海星的石头，递给对方。显然，这块石头传达了某种信息，印第安人不再对我们充满警惕，看上去友好了起来。教授换了一种我听不懂的语言试图与对方沟通，很快又换了第三种，这可怕的发音听起来有点像他在窗前召唤巨兽时用的那种语言。这次，印第安人听懂了，且露出一脸崇拜的神情。我的雇主一边说，一边翻译，我用英语把他们的对话记录了下来：

"通往克苏鲁的门在哪里？"

---

3 | 直译为洪堡洋流，是以前的地理术语，现在名为秘鲁寒流。——译者注

印第安人指向那片湖："门就在那里，但现在还不是时候。"

"这只是很多扇门中的一扇，"教授说道，"你知道其他的门吗？"

"不，就只有这一扇，这是它出来的地方。"

"咱们在这里还有多少人？"教授故意将我俩包装成印第安人的同类，从对方口中套取了克苏鲁崇拜者的人数——在维尔卡诺塔山脉这一带，他们有不到两百人。

就在此时，湖面上出现了微小的波动，教授的态度立刻变了。他紧紧注视着湖面，看着那波动越来越剧烈，整个湖面都开始颤抖，水好像沸腾了一般。他再次看向印第安人，急切地问对方他们下次集会是什么时候。

印第安人答道："就在明晚，你早来了一天。"

什鲁斯伯里教授带头离开了洞穴，回到甬道入口处时，他又转过了头。我顺着他的目光看去，见到了极其恐怖的一幕，我几乎无法描述。水中升起了一大团原生质模样的巨物，它的外形变幻莫测，尖锐、急促的哨声在洞穴里回荡，组成了一种异常诡异的乐声。教授一把抓住我的袖子，带我离开了洞穴。一出去，他再次召唤了那些长着黑色翅膀、蝙蝠模样的怪兽，飞回了库文街93号的小屋。

我梦见费尔南德斯和他的故事似乎并不奇怪，但那个梦的那种与现实无异的真实感让我心烦意乱。如果说我不在意这件事，那我一定是在撒谎。此外，它发生于某些令人费解的条件下——一方面，什鲁斯伯里教授那杯香醇醉人的蜂蜜酒让我直接进入了梦乡；另一方面，我完全记不得自己上床前是否脱掉了鞋子。第二天一早，我在明亮的阳光中醒来，发现我的鞋不见了，只能穿卧房里的拖鞋。教授解释说，他把我的鞋子送去清洗了。哪怕我把这个行为归于他的怪癖，我还是无法理解他为什么要特意帮我把鞋子脱下来，这真是太奇怪了。

那天的整个上午，教授都在谈论这些狂热崇拜者所使用的语言，比如在人类文明出现之前就存在的纳卡尔语、阿克罗语以及撒托－犹语。教授还引用了"阿拉伯狂人"阿卜杜·阿尔哈兹莱德写在《死灵之书》中的一句话：

> 那永世长眠的并非亡者，
>
> 在玄秘的万古之中，就连死亡也会消逝。

考虑到接下来发生的一系列事件，这句话几乎充满了启示性。

在这些艰深晦涩的语言中，教授最感兴趣的还是拉莱耶语。无论是《死灵之书》中好懂的那几章，还是令人不寒而栗的《拉莱耶文本》，似乎都在暗示，克苏鲁降临的时刻不远了。在诺查丹玛斯[4]语焉不详的预言里，我们也找到了关于这些灾难的蛛丝马迹。此外，我在抄录教授之前的笔记时，发现了大量证据，足以表明在过去的十几年里，有关克苏鲁的崇拜在世界各地都有复苏的迹象，仿佛是什么不祥的预兆。

我从未如此清醒地意识到——无论我的雇主在讲起这个话题时显得有多坦诚与投入，他都会不动声色地尽可能地不让我了解太多。总之，他不管说什么，要么语焉不详、泛泛而谈，要么引经据典、高谈阔论。

---

4 | 十六世纪的法国预言家，出版了预言集《百诗集》。——译者注

他讲述的内容因为上下文缺失而显得毫无意义，我也无法把他引用的经典拼凑成一个完整的故事。一天下来，我没有获得任何新的知识——我只是知道，教授在追踪一群狂热分子，他们躲在偏远的角落，从远古存活至今，这令他着迷。教授反复提起旧日支配者——那些巨大的、来自远古的神明。他引用了德雷特伯爵的《尸食教典仪》《纳克特抄本》《伊波恩之书》《无名祭祀书》等典籍，除了克苏鲁之外，书里还隐晦地提起了奈亚拉托提普、哈斯塔、罗伊格尔、克图格亚、阿撒托斯——这些旧日支配者们同样拥有自己的信徒——对我来说，这些故事之间没有任何关联性。教授让我把古籍抄录了三份，我依然什么都没有看明白，但在那字里行间，我能感受到一种可怕的暗示。甚至，在我意识到自己抄写了什么之前，这种恐惧就已经刻入了我的脑海：

　　乌波·萨斯拉是万物之源，不朽的传奇从他反抗参宿四掌权的旧神开始，从它这里诞生了那些敢于向旧神发动战争的旧日支配者们——其领导者有"痴愚之神"阿撒托斯以及犹格·索托斯。它是孕育万灵的混沌，亦是一切生命的归处。它不受时间与空间的限制，以"乌姆尔·亚特·塔维尔"及其他旧日支配者为化身，它一直渴望着再次加冕，地球甚至它所在的整个宇宙，都应当臣服于它的荣光……

　　愿克苏鲁从拉莱耶醒来！愿"无以名状者"哈斯塔从毕宿五附近的暗星上归来！愿奈亚拉托提普永远在它所栖身的黑暗中长啸！愿莎布·尼古拉丝产下它的一千个子嗣，它们会继续繁衍后代，孕育出布满大地的树精、萨提尔、妖怪与矮人！愿罗伊格尔、扎尔与伊塔库亚在星空间驰骋！愿伺候它们的仆从"丘丘人"能被封为贵族！愿克图格亚在北落师门上开疆拓土！愿撒托古亚从恩凯归来！

……

它们就在"门"边等候，降临的时刻将至，旧神还在梦境中沉睡，有人知晓了旧神对旧日支配者们所施加的诅咒，有人知晓了这些诅咒如何破除——旧日支配者们在那扇门外操控着信奉它们的仆从！

我们的谈话结束后，教授就一头扎进了那老房子的地下室，好像在忙着做什么化学实验，留我独自在楼上工作。直到下午，教授给我送来了那双被洗净、擦亮的皮鞋，并吩咐我去密斯卡托尼克大学图书馆抄写《死灵之书》第 177 页。

我很高兴自己终于有机会离开老宅，即便这项工作花不了多少时间。我立刻就出发了。教授让我抄录的这一页《死灵之书》，是奥洛斯·沃尔密乌斯翻译的拉丁语版本，和之前那些典籍一样，我半个字都看不懂。不过，老实说，我脑内有一个阴暗的猜测渐渐成形，但我并不敢深究——我想，我应该听从什鲁斯伯里教授的建议，在研究这些事的时候完全保持客观。这本书的第 177 页并不长，抄录时，我才发现自己之前在教授那边见过这个抄本，他让我来再抄一遍，应该是对之前的版本有所质疑。

《死灵之书》第 177 页：

洞穴的形状宛如一只五角海星，四壁的灰岩来自古老的木纳尔，这里藏着抵御女巫与恶灵的盔甲，它所蕴含的力量足以让所有供奉旧日支配者及其子嗣的仆从战栗，比如深潜者、巨噬蠕虫、沃米人、丘丘人、面目可憎的米·戈、修格斯以及伐鲁希亚人。不过，这种力量尚不足以抵抗旧日支配者本身。谁拥有了五角星石，谁便拥有了指挥万灵前往"无归之源"的力量。

这块石头的力量横贯整个宇宙——从耶和大陆到拉莱耶，从伊哈－恩斯雷到幽嘶，从犹格斯星到佐西克，从恩凯到昆扬，从寒冷荒原上的卡达斯到哈利湖，从卡尔克萨到伊博……然而，随着宇宙冷却，恒星消亡，天体间的距离越来越远，一切力量都在衰退，包括五角星石，以及旧神对旧日支配者的诅咒。会有那么一个时刻，时间在未来与起点重逢，正如那首诗歌里唱诵的那样——

那永世长眠的并非亡者，

在玄秘的万古之中，就连死亡也会消逝。

我正专心地抄录这页时，却注意到一位年长的图书馆员正盯着我，并向我这边走来。我想，他大概是想来确认古籍不会被损坏。毕竟，这是一本很珍贵的书，据说全世界就只有五份抄本。然而，我很快意识到，老人感兴趣的并非这本书，而是我本人。抄完之后，我往椅子上一靠，示意自己愿意和他交流。

对方很爽快地做了自我介绍——他姓皮博迪，是阿卡姆镇的老居民。

"请问你是那个替什鲁斯伯里教授工作的年轻人吗？"他问道。

在我承认了我是之后，老人的眼睛突然变得雪亮，手指也开始颤抖。他说我显然不是当地人，因为教授这人在当地留下了诸多奇怪的传说。

"他这二十年都去了哪里？"皮博迪先生问道，"教授有向你提起过吗？"

我听得一头雾水："什么二十年？"

"啊哈，你什么都不知道！好吧，我想他不对你说也很正常。是这样的，二十年前，他突然就消失了，"老人打了一个响指，"就像这样，干脆利落，仿佛是被风吹走的一样。直到三年前他才回来。可他看起来半点都没有变老，就好像这二十年来什么都没有发生。他和我们说，他是出去'旅游'了。这听起来很奇怪。你想啊，一个人在大街上突然消失，二十年来没从银行里取过一分钱，回家后仿佛无事发生一般地照常生活，没有变老，就连一点变化都没有——先生，这简直诡异至极。如果他真出去旅游了，他怎么可能不用钱？我当时就在银行工作，我知道得一清二楚。"

他滔滔不绝地说着，我花了一点时间才消化了其中的内容。我想，当地人会对什鲁斯伯里教授产生这种诡异的猜测，这并不奇怪。古老的阿卡姆镇，满大街都是阴森的三角屋顶与老虎窗，代代相传着女巫与恶灵的传说——这片土壤本身就很容易孕育猜忌与不信任，更别提怀疑对象是什鲁斯伯里教授这样精通神秘学的人了。

"他从未与我提过这些。"我尽可能体面地说道。

"他不会和你讲的，你也别在他面前提起这些。我所能做的，也只有私下提醒你一句。不过，我不认为教授曾伤害过什么人，他总是一个人独来独往。"

我想，在背后这样议论我的雇主并不合适，所以，我礼貌但坚定地指出，教授的那件事一定有个符合逻辑的解释。皮博迪先生立马反驳道："所有可能性都调查过了，根本就没有一个合理的解释！"我不再理他，转身就走。不过，我并没有立即离开图书馆，而是在好奇心的驱使下，找到了《阿卡姆公报》与《阿卡姆通告》这两份本地报纸的新闻归档。

很快，我就在报纸上找到了皮博迪先生讲的那件怪事——二十三年前，9月的某一天晚上，有人在阿卡姆西边的乡村小道上看到了什鲁斯伯里教授，只见他走着走着，就凭空消失了。无论是在那条小路上，还是在教授的家里，警方都没有发现任何线索。他的房子因为断缴房产税而被查封，房主被要求出庭，但一直无人前往，最后，根据法律规定，房产税只能由教授的法律顾问缴纳。这个状态持续到了三年前——什鲁斯伯里教授又毫无征兆地从家中走了出来。他看上去非常健康，但对自己过去的经历守口如瓶，并像什么事都没有发生过那样继续过自己的生活。只是，他的科研方向似乎变了，日常生活节奏也稍有不同。报社对这件事非常上心，但显然，在什鲁斯伯里教授的坚持下，报社很快平息了这场舆论。关于这件事的报道与猜测瞬间又消失了，就像这件事一开始时那样突兀。

先不提这件事对我来说有多奇怪，但是，倘若我的雇主认为，对这件事保持沉默是最好的选择，那这也是他的权利。不过，我必须承认，发现这件事后的确对我产生了奇怪的影响，倒不是说我有多不愉快，但心底的确有一丝介怀。当前的处境让我感到极度困惑，显然，对什鲁斯伯里教授的评价不止一种。尽管没人和我说过他有什么劣迹，但我能感受到大家对他充满了猜忌。

等我回到库文街93号的时候，教授又回到了书房，我进门时，他正在书桌上小心翼翼地整理一个包裹。一见到我，教授就漫不经心地伸出手，从我这儿拿走了笔录，同时又塞给我一份购物清单，吩咐我下回去阿卡姆购物区时再进行采购。我瞄了一眼清单，诧异地发现，这些都是制造硝化甘油的常见材料。这份清单，再加上他小心翼翼地处理包裹的模样，似乎表明我的雇主的兴趣范围比我原以为的还要大。

"没错，这就是我想要的，看来上回也没抄错……"教授一边看着我重新抄录的版本，一边喃喃自语。他挑了其中几段，大声地反复念了好几遍，这个行为配上他那副黑色眼镜，莫名地让人感到不安。不一会儿，教授放下手里的抄本："好了，我今天打算提前上床休息，如果你想的话，你可以在这里继续工作，我想你有足够的工作要做。当然，你也可以回房休息。或者，如果你想出门的话……"

"不，我不想出门。"

教授在睡前叮嘱我："无论如何，明早之前都不能打扰我。"

教授和我在暮色将近时已经简单用了晚餐，之后，他立刻就回房了，不仅带走了书桌上的包裹，还带走了他那壶金色的蜂蜜酒和一个小酒杯。我不禁腹诽，教授独饮如此美酒而不带我，似乎有点不讲礼节。不过，我没时间纠结这个，因为工作实在太多了，那天前半夜，我一直在书房里干活。

半夜时分，某扇百叶窗发出了"哐哐"的撞击声，我这才意识到，暴风雨越来越大了。下午我从密斯卡托尼克大学图书馆回来的路上，就注意到天际压着一片积雨云。毫无疑问，现在它飘过来了，化成了这疾风骤雨。只是，那窗户持续不断地发出撞击声，吵得我心绪不宁，让我不得不去一探究竟。我想，今晚的工作就干到这里吧。

我在一楼走了一圈，发现这一层的窗户都是紧闭的。那么，声音一定是从二楼传来的。我走上楼，先检查了自己的房间，然后又去了隔壁，没有发现有窗户敞开着。因此，我不得不得出结论——这个撞击声，只能来自什鲁斯伯里教授的卧室。

我犹豫着要不要进去把窗户关好。我想，如果这窗户不关上，教授大概率会被吵醒。于是，我小心翼翼地拧开门把手，留出门缝透进来一丝光亮，因为我不想开灯。

我蹑手蹑脚地走到窗边，那窗户开得很大，雨水都溅进了屋里。我倾身，调整了百叶窗的位置，随后关小了窗户，只留下很小一条缝隙。随后，我转身，目光落在床上，却发现我的雇主并不在屋里。我穿过房间，把门开到了最大，困惑极了。门外的灯光照进来，床上只有一处人躺过后的凹陷，他连衣服都没有换。不知道出于什么原因，教授出门了。更难以置信的是，整个晚上，我在书房里什么声音都没有听到。一个老人悄无声息地离开这座房子而不被我发现，几乎是不可能的。

就在我思考这件事的时候，我注意到教授带进屋的蜂蜜酒。我仔细检查了那酒杯的底部，确定教授喝过酒。事实上，那酒杯里还剩下一小滴。在欲望的驱使下，我忍不住拿起酒杯，让那火辣的液体入喉。随后，我离开房间，坚决不去问什鲁斯伯里教授的下落，毕竟，我无权打听与自己无关的事。

不过，我对于教授行踪的好奇，很快被一件更为离奇的事所取代。我之前提过，库文街 93 号这座老房子充斥着一种恐怖的氛围。我还没入睡的时候，就敏锐地觉察到，好像有无数充满敌意的生物从四面八方涌向这座房子，尤其是迷雾环绕的密斯卡托尼克河那个方向。这种奇怪的觉知转瞬即逝，但紧接着，我感受到了一种更诡异的东西。如果说我是幻听了也不为过，毕竟，在睡意蒙眬之际，我听到的那个声音只能源于自己的潜意识——那是一种脚步声，不是走在地板上的那种，而是一种与石子路摩擦的"嘎啦"声，与此同时，我还能听到小碎石从坡上滚落，偶尔掉进水里的声音。虽说这声音很奇怪，但我渐渐习惯了，半梦半醒之间，也不知道这声音持续了多久，直到雷霆般的爆炸声在我耳畔炸响，仿佛岩石崩裂，地动山摇。我浑身一激灵，从梦中醒来。

声音消失了。

看来，这不过是一场梦罢了，我并没有产生幻觉。

我起身，给自己倒了一杯水，喝完后，尝试着再次入睡。可我刚合上眼，耳畔又响起一道悠长的哨声，随后，便是那段我在上一次梦境中听到过的诡异吟唱：

"Iä! lä! Hastur! Hastur cf'ayak' vulgtmm,vugtlagln,vulgtmm! Ai! Ai! Hastur!"

空气流动，仿佛有一对巨大的翅膀掠过长空，继而一切归于死寂。我的耳畔恢复了宁静，就像阿卡姆镇任何一个普通的夜晚时那样。

这件事已经不是"有些不安"所能描述的了，我对此感到深深的恐惧。即便被一种不自然的困惑所笼罩，我还是忍不住回想起上次，在喝了什鲁斯伯里教授的蜂蜜酒后，那个怪异却鲜活的梦境。而这次，我只是喝了一滴，感知力就被提到了一种超自然的高度！起初，我觉得自己这个"解释"很有道理，但我越是细想，越觉得这个说法完全不符合科学。直到几周后，我才知晓，此时的自己离那不可思议的真相仅有一步之遥，而在当下，我只能确定那蜂蜜酒有一个特性——让人犯困。随后，我便睡着了。

第二天早晨，我纠结着是否应该告诉教授这些事，但最后，我决定什么都不说。鉴于在我面试的时候，教授反复要求"想象力有限"，我担心如果把这些话说出口，他可能会终止我们的雇佣关系。出于同样的原因，我也没有告诉他那个诡异的梦境。当然，教授也没有对昨晚不明原因地离开做出任何解释。我还担心他一直没有回来——毕竟，教授曾在面试时提出，如果他外出时遭遇危险，我得当他的保镖——不过教授回来了。我一进书房，就看到教授坐在那幅巨大的世界地图前，在专注地研究着什么，他在地图上零星地放置了几枚红色图钉。教授转身向我打了一个招呼，当时，他刚确定了一个南美洲的位置，模样看起来有些憔悴，但神情雀跃。

早餐后，我们立刻又投入之前的研究——试图从教授先前收集的笔记与传说故事里，寻找那些从远古存留至今，与克苏鲁崇拜相关的蛛丝马迹。当然，我的雇主也像之前一样小心翼翼，语焉不详，不愿透露太多关于研究的内容。这份工作倒很清闲，没有任何紧迫感。渐渐地，我也开始对这些神秘的存在心生兴趣。据教授说，在人类出现之前，这些存在在地球上和星际间都有大量的崇拜者。随着日子一天天过去，这些神秘莫测的存在及其追随者，开始在我的潜意识里渐渐成为我想象中脆弱而奇异的形态，尽管这些想象时不时会让我感到一丝阴暗而隐秘的恐惧，令我不寒而栗。

在教授这里工作的第三天，费尔南德斯先生那件事又有了令人惊奇的后续事件。当时，教授正在阅读《纽约时报》，我注意到他的唇角泛起了一缕笑意，随后，他拿起一把剪刀，剪下一则报道递给我："收录到费尔南德斯先生的材料里，这件事到此为止了。"

这是一则电报消息，来自秘鲁利马，其内容如下：

　　昨晚，维尔卡诺塔山脉发生了局部地震，在马丘比丘印加古城遗址与萨拉彭科堡垒遗迹之间，一座沿河的山被彻底摧毁。伊索拉·蒙特兹女士——一名在废弃堡垒中开办印第安人学校的教师告诉记者，当晚有一股强大的冲击波把她从床上掀飞，半径几英里内的印第安人都被惊动了。震后的山体支离破碎，显然，有大量岩石滚落进了峡谷里的地下河中，但奇怪的是，利马的地震仪完全没有监测到这附近有任何地壳运动。科学家们认为，这场地震是由萨拉彭科地下洞穴结构松动而导致的坍塌。不知什么原因，事故现场还有少量印第安人，但无人生还。

三

　　时至八月中旬，我有将近两个月没再做过任何噩梦。我想，上回那场在梦中的冒险，应该是由于我刚从波士顿搬来，生活发生了重大改变，再加上这房子的影响所致。可是，我没想到，诡异的梦境再次出现了——接下来，我在库文街做的两起噩梦，依然是由一则新闻报道所致。

　　在过去的两个星期里，什鲁斯伯里教授开始口述他的第二本书，是《以〈拉莱耶文本〉为基础论现代原始人的神话结构》的续篇。教授把新书命名为《死灵之书中的克苏鲁》，其大部分内容对于我来说与天书无异。这本书是由大师写给大师看的。不过，偶尔也有几段内容让我心神不安，它们似乎与我最近的经历直接相关。我第二次做噩梦的那天早晨，教授就给我口述了这样一段内容：

即便是最聪明的人，也没想到这些古老的、不可思议的神话能够流传至今，但这并非绝无可能——显然，这些人所信仰的那个"存在"，几乎是与时间、空间共生共存的。此外，它们来自更高维度的宇宙，比我们的三维世界拥有更多的自由。如果否认这点，就相当于否认了我们能够系统性地捕捉、关闭其降临的入口的可能性。因为事实一再证明，旧日支配者的降临，需要其随从在地球或其他行星上将其进行召唤。

如果有人对此存疑，我建议：第一，去研究一下印斯茅斯恶魔礁的事故，尤其要注意在印斯茅斯与新霍里港附近，那些长得像蛤蟆一样的人所留下的踪迹。第二，我会建议其阅读 H.P. 洛夫克拉夫特的虚构作品，虽说作者几乎没有掩饰这一点。最后，我会建议他去做一些对比研究：比如，古神话中的风行者"伊塔库亚"与北部林区印第安人神话里的怪物"温迪戈"；古神话中的"克苏鲁"与克丘亚－阿雅尔文化里的战神"吞噬者"。这仅仅是两对我思考过的例子。其相似之处几乎一眼就能发现。

根据已知信息，旧神对旧日支配者的诅咒已在漫长的岁月中渐渐失效，这些手握着星球命运的旧日支配者仆从，彼此都怀有敌意，唯有不停地与旧神战争，才能将它们团结起来。我们已经掌握了足够的证据，但怀疑论者总是以所谓的科学为由，不停地否认这些事的存在。这导致我们不可能，或者说几乎不可能去利用仆从之间原有的仇恨来阻止旧日支配者降临。这些怀疑论者完全就不考虑挑拨离间的可能性！

而事实上，旧日支配者的仆从之间，矛盾日益加剧。比如，那些长得像蛤蟆的深潜者，来自印斯茅斯港附近大西洋深处的海底柱状城市伊哈－恩斯雷和沉没的拉莱耶，它们信奉克苏鲁；而那些半人半兽、长着蝙蝠巨翅的星际穿越者们则信奉克苏鲁同父异母的兄弟——"无以名状者"哈斯塔。再比如，疯狂的、身份千变万化的奈亚拉托提普，与"森之黑羊"莎布·尼古拉丝产出了大量没有形状的子嗣，它们与克图格亚的火焰生物们存在世仇，愤怒的战火一触即发。

愿智慧之人懂得如何利用这些仆从，利用信奉哈斯塔与罗伊格尔的星际穿越者们来阻止克苏鲁的降临，利用克图格亚的仆从来摧毁地球上奈亚拉托提普与莎布·尼古拉丝隐藏着的子嗣！知识就是力量，但知识会让人疯狂！软弱无能之人无法抗争这些来自地狱的生物。正如洛夫克拉夫特曾经在书中写到的："人类必须准备好去接受一些概念，比如宇宙本身，以及在翻涌的时间洪流中人类所处的位置——仅仅是提起这些就令人晕眩无力。"

到这里，教授写完了第二本书的第一章。当时我还不知道这是一本注定不会被完成的书。教授要求我将书抄录三份，校对后，将手稿连同一张支付印刷费的支票寄给印刷厂。毕竟，没有一家印刷厂会冒着赔钱的风险出版这本书——尽管它声称描述的皆为现实，但它与最疯狂、最不可思议的小说无异，在它面前，就连儒勒·凡尔纳和 H.G. 威尔斯那些浓烈的想象力都显得不值一提。教授大胆而笃定地描述了大量地球上不可能发生的事情，阅读他的作品时，读者会逐渐感受到一种远超人类认知的力量，以及令人麻痹的隐忧。

在我开始抄录的时候，我的雇主看起了今日的报纸，他的目光迅速扫过专栏，然后一页一页地翻阅着。翻到第六七页时，教授发出一声半带愉悦半带警觉的感叹，随后，他剪下这则报道，递给我，并让我开启一份新的档案。我把剪报暂时放到旁边，抄完《死灵之书中的克苏鲁》第一部分后，才开始阅读。

当时天快黑了，我注意到我的雇主逐渐激动起来，仿佛他内心有着一股愈演愈烈的冲动，迫不及待地等待发泄。这则简报非常简洁，用的是《泰晤士报》惯用的腔调：

> 伦敦，8 月 17 日报道——内兰·马西，一名码头工人，身上发生了一件怪事，简直如同查尔斯·福特[5]书里写的一样。马西先生已经失踪七个月了，但在几天前，他突然现身，在大街上漫无目的地游荡。警方通过他身上的特殊标记认出了他，可马西先生一句英语都不会说，张嘴就是一种奇怪的、没人能听懂的外语。他的症状很严重，警方请来了著名的语言学家以及罕见病专家兰登·佩特拉博士。至于马西先生这七个月去了哪里，至今没有线索。

什鲁斯伯里教授时不时会让我回去查笔记，因此，我见过好几次类似的报道。马西先生的这个故事，引导我进入了接下来的这场梦境，这

---

5 |Charles Fort，美国作家，专注于研究奇怪的现象。——译者注

简直不可思议。

那天晚上，我就进入了第二场梦境。在那之前，同样的事又发生了——什鲁斯伯里教授坚持让我提前休息，以迎接明天更紧张的工作。随后，我又喝了他酿造的蜂蜜酒，很快就进入梦乡。关于第二次梦境的内容，我在这里再次摘录德沃托医生的笔记：

【第二场梦】

什鲁斯伯里教授来到我的房间，像上次那样往我手里塞了笔、纸。这个梦境的开始，与第一次一模一样，教授推开窗户，高呼咒语，我们踏出窗户，再次骑上了那种巨翼蝙蝠一般的生物。这次，我尝试着研究这些生物，但除了一种令人不舒服的、人肉一般的触感以及毛茸茸的翅膀外，我无法确定这生物长什么模样。不过，这次我注意到，教授似乎在与它们交谈。

顷刻之间，我们就抵达了目的地，但这次，我们并不在一处与世隔绝的地方。我们的身边很亮，左侧有几座塔台，以及大片被探照灯照亮的平地。什鲁斯伯里教授显然清楚我们在哪里，他立刻就往那片平地后方的建筑疾步走去。我们离建筑不远，很快，我就意识到那是一条小路。眼看着我们离目的地越来越近，我开始感到一丝莫名的熟悉，好像不久前我曾来过这里。很快，我通过周围的环境辨认出了这个地方，这里是位于伦敦的克罗伊登机场，我在三年前还是本科生的时候来过。教授的目的很明确，就是去那里打车。他把我塞进出租车，又去附近的楼里取了一份城市指南，随后吩咐司机把我们送到帕克街的某个地址，并在那边等我们。

我们来到帕克街的目的地并提出拜访请求，但对方一直没有同意，直到教授掏出一张名片并在上面写了"事关内兰·马西一案"。对方看了之后，才允许我们进门。侍者带我们去见了一名看起来颇有威严的老人，教授称呼其为佩特拉博士。我的雇主开门见山地表示，他从美国坐飞机过来，就是为了那位在码头工作的马西先生，他想看看自己是否能辨认对方说的那种语言。

佩特拉博士立刻提供了帮助。他告诉我们，马西先生之前是个文盲，但他现在所讲的语言中偶尔混杂着希腊、拉丁词汇，展现出了极高的教育水平。也就是说，不管这人是从哪里回来的，他的生理特征没有变化，但显然换了一个脑子。此外，马西先生的身体状态也不好，看起来似乎时日无多。他似乎经历了非常极端的气候，身体也已适应了极端的天气变化，可现在那种适应能力正在迅速消失，他的身体撑不了多久了。就在今天，伦敦《泰晤士报》针对此事发表了一份完整的总结，佩特拉博士表示，如果教授想要的话，他可以提供一份。

我的雇主要了报纸，并交给我。我把报纸折好后装进口袋。教授提出，如果可能的话，他希望能采访马西先生。于是，兰登·佩特拉博士用他的车，载着我们横穿整个伦敦，来到码头工人马西目前所在的东印港路。马西大部分时间都处于昏迷状态，只是偶尔能回答几个用拉丁语或希腊语提出的问题。

照看马西的护士打开门，将我们带去了马西的床边。

只见床上躺着一个四十多岁的男子，睁着双眼，一动不动。他显然对身边那盏光线昏暗的台灯十分反感。在我们进门的时候，他并没有转头，但开始低声地喃喃自语。我的雇主示意我准备好纸笔，以记录他接下来的翻译。

"就是这个，"佩特拉博士说道，"他现在讲的，就是那种语言。我注意到，这种语言有着重复性的发音与结构，说明它是一种正式的语言。可是，整个伦敦没有一个人能听懂，我们只知道它似乎非常古老。"

"确实如此，"什鲁斯伯里教授回答道，"这是拉莱耶语。"

佩特拉博士诧异道："你能听懂？"

"是的，这是一种人类文明前的语言。在一些隐秘的地方，无论是在这个星球上，还是在宇宙中，都还有生命在用这种语言进行沟通。"

码头工人喃喃道："Ph'nglui mglw'nafh Cthulhu R'lyeh wgah'nagl fhtagn。"教授很快把它翻译了出来："在拉莱耶的府邸里，长眠的克苏鲁酣梦以待。"随后，教授又向马西提了一个问题。码头工人转过头，盯着我们。佩特拉博士说，这是马西回来后，第一次表现出他有意识的行为。

接下来，什鲁斯伯里教授用拉莱耶语和马西进行了简短的交流。

教授问道："你那七个月在哪里？"

"和那些供奉即将降临的它的人在一起！"

"它是谁？"

马西答道："伟大的克苏鲁。它就在自己位于拉莱耶的家里，它并没有死亡，只是在沉睡。只要被召唤，它就会再次降临。"

"谁会召唤它呢？"

"那些供奉它的人。"

教授又问: "拉莱耶在哪里?"

"在海里。"

教授指出: "可是你当时并不在水下。"

"没错,我在一座岛上。"

"啊哈,什么岛?"

"那是一座由海底火山喷发形成的岛屿。"

"这岛也是拉莱耶的一部分吗?"

马西承认了。

教授继而追问这个岛屿具体在哪里,马西说它在太平洋上,新西兰以东,印度群岛以南。大约在南纬49°51′、西经128°34′的位置。

教授忍不住好奇地问: "那你看到克苏鲁了吗?"

"没有,但我知道它就在那里。"

"你是怎么回来的?"

马西坦言,自己是被泰晤士河里的某种生物带走的,然后,他就被送回来了。

"那到底是个什么东西?"

马西回忆道: "他看起来像个人,但实际上他并非人类。他长得很像蛤蟆,手上有蹼,在什么水里都能游泳。"

就在此时,马西开始疲惫地喘气,不得不深呼吸,佩特拉博士上前打断了谈话: "抱歉,或许病人需要休息了。"

"不必感到抱歉," 什鲁斯伯里教授答道, "我已经获得了足够的信息。"

随后，教授对着这些人含糊其词地解释了一通，就像在库文街他对我解释的那样。

结束对话后，我的雇主显然急于离开这里。我们与佩特拉博士道别后，他就在东印港口边找了一个隐秘的地方。昏暗的夜色里，什鲁斯伯里教授再次吹响了那枚哨子，并向天空吟唱：

"Iä! lä! Hastur! Hastur cf'ayak' vulgtmm,vugtlagln,vulgtmm! Ai! Ai! Hastur!"

几乎是在同一时刻，那长着蝙蝠翅膀的坐骑从天而降，把我们带回了阿卡姆镇被女巫诅咒过的三角屋顶上。

最后，让我决定去看精神科医生阿森纳斯·德沃托的，并非这些梦境本身，而是这"灵异三部曲"中，第二个梦境与第三个梦境的"间隔"——因为，它们之间似乎没有间隔！那天，我从床上起来后，我显然是在库文街93号，之后和我的雇主一起配制一些化学品，教授兴致勃勃，大概干了好几个小时。突然，我产生了一个极其荒诞的想法——这到底是现实，还是第二个梦境的衍生？我好像失去了辨别梦境与现实的能力。在第二个梦境和第三个梦境间隔的"白天"里，这一切是真实发生的吗？尽管这些事看起来是如此真实，但它们和梦里的质感一模一样。

我们真的是在库文街93号处理他拿进书房的神秘包裹吗？还是说我进入了一场过于逼真的梦境，就连自己都毫无察觉？这件事当时让我极为困惑，现在好些了。可在那个时候，整个屋子里都弥漫着一股莫名的紧迫感，好像有什么危险的事即将发生，以至于食物与饮水——除了那金色蜂蜜酒与它的特殊功效——都显得无足轻重，完成任务的重要性已经超过了人类的日常生活所需，而教授对此一如既往地保密。

德沃托医生就像记录梦境那样，把我所有的感受都记录了下来。他对这一切都没有评价。而鉴于当时的情况，我没有机会与他再次会面，因为在第三个梦境之后，一切都发生得太过迅速。我无法确定最后一个梦，也是最为灾难的那一场梦，是在第二场梦后一天晚上发生的，还是说又间隔了好多天，我甚至无法确定它是否发生于某个夜晚，或者，它与第二场梦是否存在着前后逻辑关系。我唯一清楚的，就是在梦境开始前，一切都是老样子——教授来到我的房间，召唤来了巨翼坐骑；唯一的区别是，这次我们还带上了他准备好的那些包裹。

以下是德沃托医生记录的最后一场梦境：

我们来到了一处陌生而荒凉的地方。天空很黑，令人望而生畏。而我们身边，流动着一片诡异的绿色雾气，异常浓稠。而在这片雾气弥漫的土地上，一些奇怪的巨大石柱时隐时现，这些石柱部分已成废墟，残破的建筑上缠着大量风干的海藻，毫无生命力地挂着，令人不寒而栗。我的耳畔只有大海的声音，脚底是黑绿相间的淤泥，这让我想起了第一个梦境中，地下湖边上的那种淤泥。

教授神情谨慎地往前走，带我来到了一扇门前，这里散落着大量个头更小的石块。在石子堆里，教授捡起一块五角星形状的石头递给我，说：“地震显然破坏了旧神关押克苏鲁时在这里堆积的护身符。这里就是通往‘外界’的大门之一。”

　　教授拆开一个包裹，我看到里面是烈性炸药。他教我如何有技巧地把炸药布置在门洞周围。尽管我对周边环境充满了敬畏，但我还是照做了。四周的迷雾偶尔散去，露出的景象震撼得令人窒息。这座岛屿来自深海，被剧烈的地壳运动带到了海平面上，我通过这些矗立的石柱废墟，可以窥见那海底古城的一角——这些石柱来自一些宏伟的建筑，它拥有着广阔的石壁与恢宏的棱角，四处雕刻着吓人的象形文字，以及对天神不敬的恐怖图案，看得我汗毛倒竖。在这座海底古城里，建筑的角度与平面完全不符合欧几里得的几何原理，让我不快地联想起教授不久前写的那本书，以及书中提到的那个与我们的维度大相径庭的世界。

　　我们安装炸药的那个洞口里有一扇雕花门，它开了一条小缝，但远不够人进出。我不清楚具体从什么时候开始，这条门缝开始悄无声息地变大了。不过，教授首先发现，从我们身后的大海里，有一群手脚长蹼，身披鳞片，长得像蛤蟆的怪人，正掠过石柱，向我们这边滑行而来。教授已经安好了引爆所需的装置，平静地指向那些怪物，叫我不必害怕：“你手里的这块五角星石会保护你不被它们攻击，除非它从下面出来了。”

　　这时，教授才注意到门缝变宽了一些，他瞬间着急地问道：“刚开始这门缝有这么宽吗？”

　　“没有。”

　　“看在神的份上——快跑！”

　　我还来不及后退，就感受到嗅觉与听觉正敲打着我的神经——

那缓缓打开的门后，传来一股令人作呕的腐尸味；我还听到了一种可怕的水声，它带着一股潮湿的气息，"汩汩"作响，令人毛骨悚然。那声音吓得我们连连后退。什鲁斯伯里教授冲向引爆器，可就在一瞬间，那门一下子打开了，里面出现了一个令人极度恐惧的东西——我无法描述——它和我们在秘鲁维尔卡诺塔山脉地下河里看到的那个怪物有些类似，但这个更加狰狞、面目可憎。它没长触手，而是一个没有形状的原生质体，但它显然拥有智慧，并能够随心所欲地变换形状。最开始，它像是一团肉那样糊住了门口，随后，那团肉里睁开了一只巨大的、恶毒的眼睛，几乎是同时，它身上开始渗出无数形状不一的肉瘤，那肉瘤一边滋长，一边发出类似呕吐的声音，还伴随着尖锐的哨声。

就在那一瞬间，什鲁斯伯里教授按下了引爆器。在炸药强大的冲击波下，门口的石块四分五裂，冲天而去。石柱与门板断裂，砸在了门内那个怪物身上。

什鲁斯伯里教授片刻也不敢耽搁，立刻召唤来了那些长着翅膀的坐骑，它们从漫天迷雾里降落，帮助我们离开了这个被诅咒的岛屿。可在我们离开之前，我又目睹了一件事，比我之前看到的所有事都要恐怖——只见那个被爆炸撕成碎片，又被倾塌的石块压住的不明生物，身上迸射出无数液态的触角，像流水汇流一般地再次聚合，并以闪电般的速度穿过那片黑绿相间的淤泥，向我们冲来！在那一声震耳欲聋的爆炸声后，大地开始震颤，且幅度越来越剧烈，大约是爆炸引发了地下岩层运动，岛屿的存在岌岌可危。

随后，我们跨上坐骑，回到了库文街 93 号。

四

在这场梦境之后，我回波士顿去见了德沃托医生。有些事，尽管看起来平淡无奇，却产生了如此恶劣的预兆，以至于我不得不怀疑自己是否神志清醒。我必须通过一名合格的精神科医生进行确认——可讽刺的是，德沃托医生在听完我的叙述后，给我的唯一建议是尽快离开库文街93号与阿卡姆镇，因为他认为，已有足够的证据证明，什鲁斯伯里教授和他的老房子对我产生了极大的负面影响。

我从第三个梦境中醒来后，还意识到了一些事——当我在做这些"梦"的时候，我其实亲身参与了其中，这似乎预示着，这些梦并非梦境，而是恐怖的、荒诞的、我亲身参与的事实！德沃托医生对我的这些想法没有做出任何解释，只是轻飘飘地说，那些不过是日有所思、夜有所梦而导致的幻觉。

除此之外，还能怎么解释那些已经发生过的事，以及那些即将发生的事？

这三场梦境后的事态发展太过迅速，迅速得让我感到诧异，自己之前怎么就没有发现这谜题的答案所在呢？只是这个答案过于离奇，让人无法接受或承认。如果不是什鲁斯伯里教授当晚太过着急，忘记脱下我的鞋子，我可能仍然被蒙在鼓里。

那天早晨我起床后，发现自己的鞋底覆满了一种黑绿相间的淤泥——和梦中那个地狱一般、被诅咒的太平洋岛屿上的淤泥一模一样！

不仅如此，我还在口袋里发现了一块五角星石，上面刻满了我无法阅读的象形文字——在梦中，这可是我亲手放进去的！

或许——我是说——或许，这两件事还能有一个符合逻辑的解释——比如，有那么一个知晓我梦境内容的人，对我的鞋子动了手脚，并把五角星石塞进了我的口袋。然而，还有第三件事，是无论如何都无法被"造假"的，它是如此平常，以至于显得更加恐怖——在大衣内侧的口袋里，我发现了一份折叠的《泰晤士报》，上面印刷着那个码头工人的灵异故事。报纸上印刷的日期是昨天，以当前的科技手段，无论如何它都不可能在这么短的时间内，从伦敦飞到库文街！

这件事让我去看了精神科医生，结果不尽如人意，我又打算回来质问什鲁斯伯里教授。然而，我还没问出口，就被教授急切地抢了先。他看上去面色苍白，形容枯槁，一见到从波士顿回来的我，就劈头盖脸地问道："安德鲁，你跑哪里去了？算了，不管了！你赶紧的，快把这些文件送去密斯卡托尼克大学的图书馆！这对未来的学生可能会有大用处。"

我诧异地发现，在我离开的这段时间里，教授把所有的资料都整理了一遍，并挑选出一些箱子与文件夹，打算搬去一个更安全的地方。他态度急切，举止古怪，让我根本来不及细想，只能尽快地帮他把这些珍贵的论文与文档转移去图书馆，而他则再次投进他的书架，将需要转移的材料一份份地挑选出来，扔在书房正中的那一堆小山上——那里面有书籍，他的第二部作品的上册手稿，古老的文本，以及他从各种书籍中记录下的笔记，比如借来的《纳克特抄本》《死灵之书》以及一份密封的对开本，他将其标注为《塞拉伊诺断章》，并小心翼翼地叮嘱我不要翻阅。

在这期间，教授用一种疲惫的、同情的目光注视着我，还不停地喃喃自语："不应该带他一块儿去的……这就是一个错误！"可比这更惊悚的是，他时不时地会停顿下来聆听，把目光投向面朝密斯卡托尼克河的那条街，好像在等着什么毁灭性的东西从那个方向降临。他的这种行为让我感到不安，以至于在去图书馆的路上，我害怕地偷瞄了一眼密斯卡托尼克河岸，可在下午的阳光下，一切平静如常。

当我回来的时候，我发现我的雇主正全神贯注地阅读着那本《塞拉伊诺断章》。我再次感受到了教授未卜先知的能力——因为他一直背对着我，而我这次进门时没有发出半点儿声响，可就在我进门的那一瞬间，教授就开始和我说话了。

"我唯一的担忧是，如果我把这些笔记公布于众，是否会给世界带来危险？或许，我不应该担心会有人相信我从这些石头上抄录下来的内容。福特死了，洛夫克拉夫特也已经不在了……"说着，教授摇了摇头。

我从后面走过去，目光掠过教授的肩头，落在了一份秘方上。不过，这秘方上写满了奇怪的名字，我只能往下看其内容。我在这张秘方上看到的内容，再次证明了我先前的猜想：指向人类迄今未知的时空间隙里那些令人恐惧的存在。什鲁斯伯里教授用精美的字体记录着这样一个传说："旧神的黄金蜂蜜酒会让饮用者摆脱时间与空间的束缚，从而在这些维度间穿梭；此外，蜂蜜酒还能增强人的感知，让其进入一种接近梦境的状态……"

教授很快就合上了书，再次封起，以至于我只读到了这一部分。

"那个蜂蜜酒！"我大喊起来，"就是你的那个蜂蜜酒！"

"是的，是的，安德鲁，"教授很快答道，"要不然你以为……但我忘了，一个人不应该让自己的想象力困住自己。"

"想象！"我抗议道，"我今早起来，鞋上沾着岛上的泥，口袋里揣着五角星石，大衣里还有《泰晤士报》，难道这些都是我自己想象出来的吗？我不知道，我只是根据现有的发现推测发生了什么——但我认为，我们的确去了那些地方。"

教授沉默地看着我，若有所思。

"难道不是吗？"我加重了语气。

即便是在那个时候，我依然渴望教授能够给我一个符合现实逻辑的解释，天知道我会多么热切地接受那样的解释！可是，教授只是疲惫地摇了摇头，安抚似的拍了拍我的手臂，说道："你说得没错。"

我慢慢地反应过来："所以，六月的那天晚上——我们进入秘鲁地下洞穴后的第二天——你带着炸药回去了，把那个鬼地方炸了。我听到了你从山上跑下来的脚步声，我听到了那场爆炸……"

教授恍然："啊哈，你那天进了我的房间，还偷喝了一点蜂蜜酒！"

我点了点头。

"或许我应该早些告诉你。不过，这都是我的错——我不应该带你去的。在这件事上，我过于谨慎，但在另一些事上，我似乎又太大意了。我错误地以为，你永远都不会觉察到。可现在，那些东西已经见过我们了，他们知道是谁在布置炸药，是谁在封堵他们的召唤之门——"教授再次摇头，"现在已经太迟了。"

他的语气是如此不祥，让我半天说不出话来。半晌，我粗声粗气地问道："你说的是什么意思？"

"即便到现在，它们还在追杀我们。它们一部分活跃于印斯茅斯恶魔礁下的海底城市伊哈-恩斯雷，而那些大家伙，则是从拉莱耶来的。你仔细听听这些来自地狱的脚步声！啊，是我忘了，你听不到。毕竟，你不像我，感官在那二十年里获得了永远的强化。"

"啊，没错，那二十年……"我重复了一遍，脑海里浮现出密斯卡托尼克大学图书馆里那奇怪的一幕，"你那二十年到底去哪儿了？"

"我在塞拉伊诺——那是一座由远古石柱建成的图书馆，里面藏有从旧神那里偷来的书籍以及象形文字。"

突然，教授不说话了，他的脑袋轻微地歪向一侧，并保持这个姿势听了片刻，很快，他便浑身颤抖，嘴角因厌憎而扭曲。他转身，命令我立刻加快速度把剩下的资料搬去密斯卡托尼克大学的图书馆。他还叮嘱我，一定要尽快回来，因为夜晚即将降临，而我们在那之前就得离开。当我回来的时候，教授说，一切都已准备就绪。

事实的确如此。不过，教授看起来比之前更着急了。图书馆在接收教授的材料之前，要求我必须完成大量烦人的手续，其间，图书馆馆长兰费尔博士还把我叫去了办公室，说他想通知我——在检阅了第一批材料后，他要求把教授的东西锁进保险箱里，和大学里唯一的《死灵之书》抄本保存在一处。因此，我耽误了不少时间，等回到库文街93号的时候，太阳已经快下山了。

"天啊，我的乖乖，你跑哪儿去了！"教授对着我大喊。

但他并没有给我机会搭腔，因为他又瞬间进入了倾听状态。而这次，我也感受到了教授所感受到的一种强大而古老的邪恶从四面八方弥漫而来，原本蛰伏在这座老房子里的恐怖气息仿佛突然获得了生命。同时，我听到了那些声音——起初，它只是一种奇怪的水声，像是什么东西在游动，随后，这个声音越来越大，像是有什么巨大的怪物正大步踩着地下河道。地表震颤，仿佛有什么即将破土而出！

"你必须现在就走！"教授的声音里满是不安，"你带着岛上那个五角星石，对吧？"

我点了点头。

教授用力握紧了我的胳膊："你还记得如何召唤那些侍奉哈斯塔的星际穿越者吗？"

我再次点了点头。

教授从口袋里拿出一枚他之前吹过的哨子，以及装着黄金蜂蜜酒的管状小瓶。"拿着，带上这两个东西，还有你的五角星石，"教授叮嘱我，"只要你拿着那块石头，这些深潜者就无法伤害你。不过，这块石头对其他东西可能就没什么用了。去波士顿，去纽约——随便你去哪里，只要你离开阿卡姆，离开这个被诅咒的地方就行。无论在哪里，但凡你听到地底深处传来向你靠近的声音，不要犹豫——喝下这个蜂蜜酒，拿好五角星石，喊出那段咒语——那些星际穿越者们就会来救你。他们会把你带去塞拉伊诺。等深潜者放弃寻找我后，我也会回到那里。千万拿好这块石头，当时我没带石头，还被他们折磨过——但你别害怕，你有石头他们就不会碰你。如果你不得不去——放心，我也会去那里的。"

我接过药瓶，满脑子都是疑问，却又不能开口。压迫性的恐惧充斥了这座房子的每一个角落，危险的气息在空气里像脉搏一般跳动，地底下传来一波令人胆寒的浪潮，我的每一根神经都叫嚷着快快逃离。

"深潜者已经抵达密斯卡托尼克河口了，"教授沉吟道，"但我已经准备好了。他们有一部分会从河里过来——快了，就在这会儿……"

教授好像是想把我推开，可他突然向一边倒去，撞上了身旁的书架，还撞掉了眼镜——眼前发生的一切让我尖声喊出咒语，星际穿越者带着我，从库文街那座被诅咒的房子冲向迷雾笼罩的夜空。我又做噩梦了吗？在这场令人恐惧的飞行中，我看到了那些手脚长蹼的深潜者正从密斯卡托尼克河里爬出来，那一双双与两栖动物无异的眼睛，在黑暗中闪烁着幽暗的荧光。我紧紧抓住那枚口哨与装着蜂蜜酒的药瓶，毫不犹豫地逃命，没有半秒停留，可脑海中始终萦绕着什鲁斯伯里教授在老宅沦陷时的那张脸——尽管我见过教授阅读论文与笔记，听他描述过他所看到的东西，尽管无数线索证明他有着远超常人的感知能力，可比他那第六感更奇怪的是——在他的眼镜被撞掉的瞬间，我看到了教授的双眼，那本该是眼睛的地方，只有两个黑色的空洞！

五

自从我记录的这些事件发生以来，只过去了一个晚上。就在我离开的那天晚上，库文街93号的老宅毁于一场大火。根据推测，什鲁斯伯里教授应该也在这场复仇里丧生了。然而，我对现场进行了仔细地搜查，却没能从废墟中找到任何属于人类尸骸的残留物。我只能猜测，或许什鲁斯伯里教授成功逃脱了。在我整理这份手稿的时候，我开始清晰地意识到，迫于一种我之前并没有从什鲁斯伯里教授身上感受到的巨大压力，他正在追踪克苏鲁所留下的踪迹，并立志于关闭所有通向"外界"的门。

根据我收集到的信息，它们都指向这个猜测。同时，教授在试图阻止克苏鲁降临的过程中，掌握了一种利用外星异次元空间生物的方法。他一心想拯救这个他所熟悉的世界，以免被那个人类无法理解的、来自远古的邪神所掌控。

我查了塞拉伊诺的相关资料。它是金牛座昴宿星团中的一颗恒星，一侧是昴宿一与昴宿六，而另一侧是昴宿二与昴宿四。教授怎么可能去那里？这似乎不太可能——然而，如果教授的推测是正确的，毕宿五也属于金牛座，那么哈利湖应该离塞拉伊诺不远。根据那些古老的传说，"无以名状者"哈斯塔就居住在那里，而那些长着蝙蝠翅膀的星际穿越者，正是哈斯塔的仆从。

在过去的几个小时里，我坐在自己位于波士顿的家里，试图像以前那样告诉自己——这一切不过是一场噩梦，人有时就是会产生这种精神错乱般的怪诞幻想。可是，我再也无法相信这个说法了。

当天晚上，我出门去吃了一顿简单的晚餐，可在回家的路上，我瞥见了一张令人颤抖的面孔。我再次遇到了坦尼尔插图版《爱丽丝梦游仙境》里公爵夫人的青蛙男仆，以及其他几位我在噩梦里见过的假扮成人类但手脚长蹼的深潜者！现在，我可以确定，自己脚下的地下河流中有什么东西正在向我走来！我这人向来想象力匮乏，这不可能是在做梦！

从这房子的地底深处，传来一种恐怖的吮吸声，好像有什么巨大的原生质肉团在水与淤泥中缓慢蠕动——这声音恶心、黏稠滑腻、令人作呕，和那个见鬼的太平洋岛上，怪物从门后出来时的声音一模一样！我迅速跑回家，锁上了房门，推开窗户，可四处都潜伏着危险——我因为恐惧而不敢转身，生怕自己一扭头，就看到那些篆刻着恐怖浮雕的巨大石柱从房间的各个角落生长出来与我对视。我害怕看到什鲁斯伯里教授的那张脸上，那两个取代了眼睛的空洞。或者说，我害怕看到一屋子虎视眈眈的、长得像蛤蟆一样的深潜者。

　　我抬起头，注意到金牛座星团与塞拉伊诺正挂在西北方的地平线上。我喝下黄金蜂蜜酒，走到窗前，吹响那个教授在最后一秒给我的、雕刻着奇怪纹路的哨子，并对着无限的虚空喊出他的咒语：

　　"Iä! lä! Hastur! Hastur cf'ayak' vulgtmm,vugtlagln,vulgtmm! Ai! Ai! Hastur!"

　　那些可怕的、湿漉漉的脚步声还在靠近，那些东西似乎已经抵达了这房子底下，外面传来脚蹼拍打在地面上的声音，就好像太平洋岛上那样……

　　还好，就在这千钧一发之际，那些长着翅膀的生物降临了！

　　Iä! Iä! Hastur fhtagn……！

9月3日，《波士顿先驱报》后记：

　　安德鲁·费兰，28岁，在梭罗路17号离奇失踪，我们至今未能找到任何线索。警方目前推测，这位年轻人是自愿离开的。现场的房门反锁，但窗户是开着的。不过，警方仔细搜索了窗户下的地面以及屋顶，没有找到任何他往窗外跳下或是爬上屋顶的证据。费兰先生失踪的动机不明，不过，他的一位表亲对其失踪前的精神状态提出了质疑。对方告诉警方，费兰一直幻听到自己正在被什么超自然的东西追杀。鉴于费兰留下的这些手稿佐证了他表亲所描述的不理智行为，警方认为，出于某种不明原因，费兰先生是自行离开的……

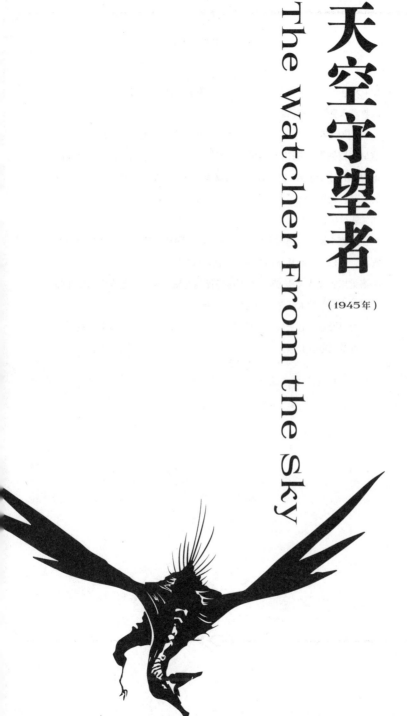

天空守望者

The Watcher From the Sky

（1945年）

《天空守望者》导读

1. 《天空守望者》于 1945 年 7 月首次发表于《诡丽幻谭》，后来被多次收录入克苏鲁神话。

2. 《塞拉伊诺断章》——克苏鲁神话中这本手写的笔记由拉班·什鲁斯伯里教授创作于 1915 年，保存在密斯卡托尼克大学图书馆。在这篇小说中，住在安德鲁·费兰曾经的公寓里的学生亚伯·基恩正在调查费兰的失踪。他还查阅了费兰在密斯卡托尼克大学图书馆查阅过的资料，比如《塞拉伊诺断章》，不久之后，基恩也失踪了。

3. 在这篇小说中，德雷斯创造了黄金蜂蜜酒的固态形式——蒸馏而成的蜜丸，这是最早的其他形态的"黄金蜂蜜酒"。

4. 德雷斯在《库文街 93 号》中已经提到克图格亚，但是在本篇中才强调克图格亚掌管火元素，同时它也是唯一的一个。

5. 本篇以及这本合集较频繁地提到的《拉莱耶文本》，主要叙述的是克苏鲁以及克苏鲁异教。

一

"亚伯·基恩……亚伯·基恩……亚伯·基恩……"

我对着镜子大喊自己的名字，好像只有这样，我才能说服自己一切都没有变化，我还是亚伯·基恩。我的目光一寸寸地扫过那张熟悉的脸，试图寻找任何变化的痕迹——好像非得有什么变化似的！就好像，在经历那样疯狂的一周后，改变一定会到来！不过，那真的是一周吗？还是比一周更短？我感觉自己无法确认任何事。

无论是日光普照，还是星河璀璨，我对这个世界已经失去了信心，就好像，所有已知的时空法则随时都可能被废除，被某种巫术推到一边，被一种古老的邪恶取而代之。这种邪恶鲜有人知，而那些少数知道真相的人，他们的号召却无人响应。

不久前，马萨诸塞州沿海的一个港口小镇在一场熊熊烈火中化作灰烬，而我犹豫至今，才决定与世人分享内情。不得不说，那边存在的东西是如此令人恶心。我不想再犹豫了。有些事虽不应该公布于众，但对于任何一个普通人来说，无论是公开还是保持沉默，都是一个艰难的抉择。那场大火是有原因的，尽管在那闭塞的小镇里存在着诸多猜测，但真相只有两个人知道。你知道在那广阔无垠的太空中存在着什么吗？据说，光是知道这一点，就足以让人发疯。然而，在我们小小的地球上，也存在着同样恐怖的东西。那些东西，将我们与宇宙、与浩渺的时空，以及与古老的邪恶捆绑在了一起。那些东西是如此古老，相比之下，我们的人类文明不过是弹指一瞬。

这也是那场毁灭性的大火必须发生的原因。

从马努塞特河岸到小镇另一头的海边，一个街区接着一个街区，最终这个令人厌恶的小镇在烈焰中变成了灰烬。这场大火毁灭的，远比它烧掉的东西要多。很多人说这是蓄意纵火，但很快，他们又闭嘴了。人们还在废墟里发现了一些形状奇怪的小石头，可无论是纵火还是这些石头，新闻报道里仅仅提了一次。在整个小镇的关注下，官方却很快封锁了消息。当地的火灾现场检验专家则给出了一个完全不同的解释——专家说，这场大火的起因，是有人睡着时意外打翻了身旁的油灯，当然，这个人亦在火里丧生。

但是，我不得不告诉你，理论上讲，这就是一场蓄意纵火——其理由还非常正当……

二

毫无疑问，邪恶，是神学院学生的专长。

那个夏日的夜晚，我推开自己位于马萨诸塞州波士顿梭罗路17号的房门，却发现一个陌生男人躺在我的床上。他穿着怪异，睡得很死，叫都叫不醒。鉴于我的房门是锁好的，我猜他只能从窗户进来，可他到底是怎么进来的？是通过哪扇窗户？我一时还想不明白。

最初的惊疑散去后，我开始仔细打量这个男人。他看上去大约只有三十岁，胡子刮得很干净，皮肤被晒成小麦色，身材壮硕。他穿着一身质地不明的宽松长袍，脚上则是一双皮凉鞋，但我看不出是什么皮。尽管他那奇怪的长袍口袋里塞了许多文章，但我并没有去翻阅。他睡得太死了，我根本叫不醒他。不过，根据房间里的线索来看，他进来后，倒头就睡着了。

看着看着，我突然觉得这人似曾相识——那种熟悉的感觉，让我觉得自己一定见过他，即便只是萍水相逢。总之，我不是认识他，就是在哪里看过他的照片。

现在，不得不提一嘴我的副业，我还在神学院上学，但我还是一名业余的催眠师，一周三次上台表演，偶尔也接点私活。由于我对心理学有所了解，我在读心术及相关领域也算是小有所成。于是，我拉了一张椅子坐在床边。我想，我可以趁他熟睡，试图通过心理暗示，来引导这人告诉我他到底是谁。

然而，尽管他睡得很沉，但他好像又很"清醒"。

直到现在我都无法解释这种情形，就好像他的身体睡着了，但他的感官还醒着。我只是轻轻凑到他身前，他就开始说话了，仿佛还知道我想问什么。在他的言语间，我能感受到一股清晰的自我意识。很久以后，我才了解到，他过往的奇特经历给予了他一种超自然的觉知能力。

"等等，"男人开口道，"耐心一点，亚伯·基恩。"

就在他叫出我名字的那一瞬间，我全身汗毛倒竖，觉得灵魂好像被什么东西入侵了——就好像，我的不速之客没有讲话，却已然知晓了我的姓名。他甚至连嘴皮子都没动，我的脑海里就出现了他的声音："我叫安德鲁·费兰。两年前，我离开了这个房间，现在已经回来一小会儿了。"

如此简单，如此直接。那一瞬间，我全明白了。我在波士顿的报纸上看到过安德鲁·费兰的照片。两年前，他从这个房间里离奇失踪，至今都没有人给出令人满意的解释。

一股电流般的兴奋占据了我的全身。尽管他还睡着，但我脑海里的声音是如此清晰，我忍不住问道："你这些年都去了哪里？"

对方很快答道："塞拉伊诺。"不过，我有些分不清，费兰到底是开口说话了，还是直接在我的意识里与我进行对话。

我忍不住想：塞拉伊诺在哪里？

当时我也累了，想着想着，便进入了梦乡。凌晨两点时，我感到有人在拍我的肩膀，吓了一跳。我睁开眼，发现费兰醒了，他那双坚定的眼睛正在审视着我。费兰依然穿着那身奇怪的长袍，不过，他开口说的就是想换身衣服："你还有别的西装吗？"

"有。"

"咱俩身量差不多，我不能穿着这身衣服出门。我需要借一套，你介意吗？"

我摇头："不，你随便拿。"

"很抱歉占了你的床，"费兰说道，"但长途旅行实在太累了。"

我忍不住好奇："我可以问你是怎么进来的吗？"

费兰抬手指了指窗户。

"为什么来这里？"

他神秘地答道："这个房间是我的据点。"

随后，费兰低头瞄了一眼手表："如果你不介意的话，现在能给我衣服吗？我的时间不多了。"

他说得很急，我立刻就照做了。当他脱下袍子的时候，我注意到他肌肉发达，行动敏捷，不禁让我怀疑我对他年龄的第一猜测。他换衣服时，我什么都没说。尽管这不是我最好的衣服，但我刚清洗、熨烫过。费兰漫不经心地说了一句西装很合身，我同样漫不经心地答道："你若需要就随便穿。"

随后，费兰又问："房东还是布赖尔夫人吗？"

"是的。"

"你别和她提起我，这只会徒增她的烦恼。"

我问道："谁都不能说吗？"

费兰点点头："请替我保密。"

说着，他向门口走去，我立刻意识到他要走了。可是，我心里一直挂念着两年前费兰离奇失踪之谜，在他告诉我更多消息之前，我不想放他走。我立刻从床上弹了起来，拦在他与门之间。

费兰平静地看着我，眼底闪过一丝笑意。

"不，等等，"我喊道，"你不能就这样走了！你想去做什么？我可以帮你。"

费兰笑了："基恩先生，我在猎捕一股邪恶的力量——相信我，它比你们神学院所提到的邪恶更加可怕。"

我有些迫切地说道："费兰先生，我就是邪恶领域的专家！"

"这件事对普通人来说太危险了，"费兰说道，"我不能保障你的安全。"

一股疯狂的冲动占据了我的大脑，我迫不及待地想和费兰一起出去，即使我不得不通过催眠来控制他。我径直对上了对方的目光，伸出手——可就在那一瞬间，怪事发生了。我仿佛突然来到了另一个世界，或者说，另一个维度。我能感觉到，自己的身体回到了床上，但意识却跟着费兰离开了。就在那一瞬间，没有声音，没有痛苦，我灵魂出窍了——除此之外，我不知道该如何形容那天晚上的经历。

我看到、听到、感觉到、尝到、闻到的东西与我意识中的完全不同。费兰没有碰我，他只是那样看着我。我能清晰地感受到，自己正站在深渊边缘，而那深渊底下，有着无法想象的恐怖！我不知道最后是费兰引导我回到了床上，还是我自己躺回去的，总之，在那令人难忘的一晚之后，我是在床上醒过来的。这一切，是梦吗？还是说，我被催眠了，而费兰让我看到了这一切？出于理智，我想，还是把它当成一场梦吧。

多么诡异的梦！潜意识竟然能创造出如此瑰丽又令人毛骨悚然的画面！而这个梦中，到处都是安德鲁·费兰的身影。我看着他前往公交车站坐车。在车里，我的视线好像就在他身边，随后，我看着费兰在阿卡姆镇换乘后，抵达了古老的印斯茅斯。这个海港小镇充斥着各种怪谈，所有人都对它避之唯恐不及。当费兰沿着河岸徘徊时，我就站在他身旁，这里残破不堪，四处都是狰狞的废墟。费兰在一座看上去是炼油厂的建筑前驻足片刻，又来到整个小镇的中心。这里的教堂鳞次栉比，所有街道以此往外辐射，但有一座气势恢宏的柱式大礼堂拔地而起。这座礼堂曾属于一个互助组织，而如今，大门上挂着一块黑金相间的铭牌，上面写着"大衮密令教"几个大字。此外，我还看到了一个面目狰狞的尾随者，他看起来是个人类，那张脸却很像两栖动物。这个怪人从马努塞特河沿

鲍里斯·多尔戈夫为德雷斯作品所绘插画

岸的阴暗处出现，沿着费兰走过的足迹一路尾随至此。他就这样沉默地尾随着，直到费兰离开印斯茅斯。

那个晚上，一个小时又个一小时地过去，直到太阳升起，梦境与现实融为一体。我睁开双眼，看到安德鲁·费兰走进我的房间。我强振精神，坐到床边，看向费兰的时候，我笑得有些窘迫："我想你欠我一个解释。"

"有些事，最好还是不要深究。"费兰答道。

我忍不住反驳："一个人要是什么都不知道就无法打败邪恶。"

费兰沉默不语，但我继续追问，难道他不觉得欠我一个解释吗？费兰有些疲惫地坐下，语焉不详地解释说，这个世界上有一些古老的、令人恐惧的存在，本就不该被世人所知晓。然而，这个回答让我更加好奇了。我试图刨根问底，但费兰接二连三地甩来几句反问："你有没有想过，在这个宇宙中，时间与空间存在着某种错位，比任何已知的恐怖都更为可怕？你有没有怀疑过，除了我们这个世界，宇宙深处还存在其他更高的维度？你知不知道，在更高的维度里，空间存在着大量折叠，时间轴不再是单向的，无论是前往未来，还是回到从前，都成为一种可能？"

费兰似乎有着无限的耐心，他最后说："基恩先生，我这样做是为了保护你。"

我又问："你昨晚在印斯茅斯摆脱了那个尾随者吗？"

费兰点了点头。

"这么说，你认识他？"

"是的，否则你看不到他。在你昨晚那种——怎么说呢，催眠——的状态里，你只能看到我认知里的东西。听我一句劝，基恩先生，这催眠术是一种极其危险的手段。如果你被昨晚的事情吓到了，我想这就是一个警告。”

我微微蹙眉：“这不可能只是催眠。”

“或许，它只是和你认知中的催眠不同罢了。”费兰做了一个手势，示意这个话题到此为止，“在我继续我的工作之前，我今天能在这里休息一会儿吗？我不想被布赖尔夫人发现。”

我点点头：“我会确保你不被打扰。”

我嘴上应允着，心里却下定了决心。鉴于费兰并不会轻易把我赶走，我还有其他打探消息的方式——我可以就靠我自己。尽管费兰很谨慎，但他依然给我留下了一些线索与提示。即便不管那些，安德鲁·费兰失踪之谜本来就很出名，当时的《波士顿日报》对此做了大量报道。我想，从那些文章里，我应该能找到其他线索。

“你在家不必拘束。”出门前，我是这样和费兰说的。表面上，我是去了神学院，可我一出门就给学校打电话请了假。在吃了一顿简单的早餐后，我立刻前往位于剑桥的怀德纳图书馆[6]。

之前，安德鲁·费兰说他来自塞拉伊诺。这条线索太明显了，我不能忽视。于是，我立刻开始寻找塞拉伊诺的相关信息。没想到，我很快就找到了答案——可它并没有解决任何问题。如果说它起到了什么作用，那只能是加深了费兰身上的谜团。因为，我发现塞拉伊诺是金牛座昴宿星团里的一颗星星！

接下来，我又开始寻找 1938 年 9 月上旬关于费兰失踪的新闻报道。费兰说，他这次是通过窗户进来的。我希望从这些报道中，寻找到一些他失踪时有关那一扇窗的蛛丝马迹，或许这能给我提供一些解释。然而，

6 | 哈佛大学主校区的图书馆。——译者注

从这些报道的字里行间，我只感受到了超乎寻常的困惑。

不过，我还是从这些报道里发现了一些阴暗的线索，或者说，一种模糊而不祥的暗示。费兰曾经在阿卡姆镇的拉班·什鲁斯伯里教授手下工作，而这位什鲁斯伯里教授曾经也凭空消失好几十年，然后又像费兰那样离奇地回来了，什么解释都没有。更奇怪的是，就在费兰消失不久前，什鲁斯伯里教授和他的房子一同毁于一场大火。费兰在教授那边的工作，显然是秘书性质的，但我发现他大部分时间都在阿卡姆镇的密斯卡托尼克大学图书馆。

目前看来，怀德纳图书馆里唯一明确的线索，指向了阿卡姆镇。我想，密斯卡托尼克大学图书馆里一定有费兰留下的阅览记录，不过，我猜那都是已故的什鲁斯伯里教授授意的。自我出门后，只过去了一个小时，我还有足够的时间继续探究。因此，我立刻坐上了一辆前往阿卡姆镇的大巴。几个小时后，我在密斯卡托尼克大学图书馆附近下了车。我相信，我会发现更多关于安德鲁·费兰的信息。

奇怪的是，我一问起"安德鲁·费兰的阅览记录"，所有人都保持着一种奇怪的沉默，这使得我最后被请去了图书馆馆长兰费尔博士的办公室。馆长告诉我，我询问的那些书都已经被明令禁止借阅，并被锁了起来，他想知道我为何会对这些书籍感兴趣。我解释道："我对安德鲁·费兰的离奇失踪以及他所研究的东西很感兴趣。"

兰费尔博士眯了眯眼睛："你是记者吗？"

"不，我只是一名学生，先生。"我立刻掏出了自己的学生证递了过去。

"很好。"馆长点了点头。他犹豫片刻，最后还是在一张纸条上写下了我想要的批准许可。他把纸条递给我："我必须给你提个醒，基恩先生，那些查阅过这些书籍的人，几乎没人能活下来讲他们的故事。"

馆长说出这样一句不祥的话后，便带我离开办公室，来到了一处逼仄的小房间。我坐着等待片刻，工作人员便将费兰曾看过的书与论文拿了过来。根据工作人员拿书时小心翼翼的模样，我发现这些书中最珍贵的一本，应该是由"阿拉伯狂人"阿卜杜·阿尔哈兹莱德所写的古籍《死灵之书》。记录表明，费兰曾多次查阅这本书，可令人懊恼的是，这本书里提到的内容是如此含糊不清，新手根本就理解不了！不过，我还是能确定一件事：这是一本关于邪恶与恐怖的书。它记录了一种源自未知的恐惧，与一些在夜间行走的东西有关，这不仅仅是人类所能感知到的"夜晚"，而是宇宙中更广阔、更深邃、更神秘的夜晚——所存在的黑暗面。

我几近绝望地合上了《死灵之书》，又翻开了什鲁斯伯里教授撰写的《死灵之书中的克苏鲁》手稿副本。这本书里，也有大量关于阿拉伯传说的学术分析，其中大多数内容超出了我的理解范围。对我而言，这些典故里提到的角色与地名是完全陌生的，可无意间，我的目光扫到几段话，不禁浑身一激灵。结合我最近的一些经历，一种不可名状的恐惧涌上心头。那段话，引用了一本叫作《拉莱耶文本》的古籍中的内容：

愿克苏鲁从拉莱耶醒来！愿"无以名状者"哈斯塔从毕宿五附近的暗星上归来！愿奈亚拉托提普永远在它所栖身的黑暗中长啸！愿莎布·尼古拉丝产下它的一千个子嗣……

我把这段话翻来覆去地读了好几遍。毕宿五，是金牛座里的一个颗恒星！这太不可思议了！短短二十四小时内，我竟然第二次发现线索指向外太空——塞拉伊诺也是金牛座里的一颗星星。这不可能是巧合，塞拉伊诺应该就是这古籍里提到的暗星！

我把这份手稿放到一边，却发现下一份材料上，张牙舞爪地标着六个大字——塞拉伊诺断章，仿佛在嘲笑我为何花了这么久才找到答案。我拿起这份对开本，发现它被封上了。不远处那位年长的图书馆管理员一直盯着我，见状走了过来。

"迄今为止，还没有人拆过这个封口。"

我反问道："就连费兰先生也没有吗？"

老人摇了摇头："费兰先生把这本书送过来的时候，上面就盖着什鲁斯伯里教授的封章。我们不太清楚，但我猜他没有打开过。"

我低头瞄了一眼手表，时间所剩不多了。在今天结束前，我还打算去一趟印斯茅斯。我的手落在那封面上，诚然，我很想看，但同时，我心中浮起了一种不好的预感，仿佛这纸张里藏着什么危险。最后，我还是把它推开了。

"我下次再来，"我深吸一口气道，"今天来不及了，我还得去一趟印斯茅斯。"

管理员意味深长地看了我一眼，半晌，他才开口："是的，最好白天去印斯茅斯。"

老人过来收拾书籍的时候，我还在琢磨他的话，忍不住问道："先生，此话怎讲？印斯茅斯这个地方有什么危险吗？"

"啊，别问我。我从来没有去过印斯茅斯，我压根儿就不想去。阿卡姆镇的怪事就够多了，我可没必要再往那儿跑。不过，我听说过很多事，很糟糕的事——基恩先生，这些事是否真实都无关紧要，光是有这样的传闻存在，就够可怕了。我听传言说，开炼油厂的马什一家……"

"炼油厂！"我大喊一声，猛然想起昨晚的梦境。

"是的，最早他们说的是奥贝德·马什，老奥贝德船长——可是，这又有什么关系呢？老马什早就不在了，现在管理炼油厂的是他的曾孙亚哈·马什。亚哈不年轻了，当然，也不能说他年纪有多大，印斯茅斯的人一般都活不了太久。"

我忍不住问："老马什有什么传闻？"

"我想，这也没什么不可以说的，大概是老妇人们嚼舌根时传出来的——相传，在1846年，老马什与恶魔结盟，给印斯茅斯带来了一场瘟疫。后来的那些人，则是与印斯茅斯港口恶魔礁下的那些非人生物结下契约，好像是在1928年冬天的时候，炸毁了码头与海边的房子。现在印斯茅斯已经没什么人住了，没人喜欢那里的人。"

我问："是因为种族歧视吗？"

"这完全是印斯茅斯那边的问题，他们不太喜欢人，我是说，我们这样的正常人。我曾经见过一个印斯茅斯人，他让我觉得……呃，你可能觉得这是一个老人的胡言乱语，但我发誓，我清醒得很——看着那人，让我想起了蛤蟆，或者说，某种两栖动物！"

我被震撼得说不出话来。蛤蟆！在昨晚的梦境或者说幻觉里，那个鬼鬼祟祟追着费兰跑的人，面相的确神似一只凶残的蛤蟆！我现在迫不及待地想去印斯茅斯看看了，亲自去看看那个我在梦里去过的地方！

我来到位于集市广场哈蒙德药店门口的公交站，这班古老的、鲜少有人乘坐的大巴会载着那些勇于冒险的旅客前往印斯茅斯，最后抵达新霍里港。可就在等车的时候，我突然预感到自己在做一件极其危险的事，这感觉是如此强烈，无论如何我都没法忽视它。只见那个面貌古怪、阴沉着脸的司机开着大巴缓缓停下，在前往我今日计划的最后一站——印斯茅斯——之前做了短暂的停留。司机走下车，佝偻着身体走进哈蒙德药店。尽管我一直很好奇，但我敏锐的第六感不停地提示我——别上这辆车！

可我并没有理会自己的第六感，还是钻进了大巴，除我之外，这车上只有另外一名乘客。直觉告诉我，这个人应该是印斯茅斯人。男人长了一个又尖又窄的脑袋，看上去四十岁左右，他的五官很古怪，有一双水蓝色、凸出的眼睛，塌鼻子，脖子两侧长着几道深深的皱褶，最诡异的还是耳朵，它们看起来好像发育不全。我后来才知道，这种耳朵在印斯茅斯这个封闭的小镇里十分常见。随着车子缓缓启动，我发现这个司机应该也是一个印斯茅斯人。我突然开始意识到，管理员先生所说的"他们不太喜欢人"到底是什么意思了。

我悄悄审视着这名乘客与司机，在心底试图和梦中那个尾随费兰的人做对比。最后，我得出结论，他们的相貌还是有一些区别的，这让我长出了一口气。我不是很确定，但我梦中那个尾随者看起来很恶毒，而车上的这两位，只能说从外表上看起来有些智力残疾人士的常见特征。他们看起来只是"不太对劲"，还不至于说是"不正常"。

我从未去过印斯茅斯。自从我离开新罕布什尔州来波士顿学习神学后，一直没什么机会外出，最远只去过阿卡姆镇。大巴沿着海岸线，从一座小坡向下缓缓驶入这座小镇，四周涌动着一股令人压抑的氛围——这座小镇的建筑看起来密密麻麻，却了无生气。我们隔壁的车道上，没有一辆车从镇里出来。我放眼望去，无论是烟囱前那三座高耸的尖顶，还是那一片低矮的、鱼鳞一般的复折式屋顶，看上去都久经岁月侵蚀，在风雨中摇摇欲坠。那些一闪而过的房子里，似乎只有一座看起来还有人住的痕迹，其他屋顶都因木瓦脱落而出现了缝隙，急需粉刷、修葺。

事实上，我认为整个小镇都需要粉刷——整个小镇——除了我们刚路过的那两座建筑，以及昨晚梦里的那两座炼油厂，还有那座门口挂着"大衮密令教"铭牌的罗马柱礼堂。这座礼堂，就和马努塞特河边的马什炼油厂一样，最近刚粉刷过一层。除了这两个地方，以及一家菲纳斯特连锁超市[7]，整个商业区都破旧得吓人，墙皮剥落，窗户里结着大量蛛网。小镇里的其他房子都差不多，也就布莱德街、华盛顿街、拉斐特街与亚当斯街那片住宅区看上去还新一点。这里住着代代相传的印斯茅斯人——马什家、吉尔曼家、艾利特家与韦特家等。住宅区里灌木丛生，大多数院子都围有栅栏，上面长满了藤蔓。这些绿植起到了非常好的隐蔽效果，路人完全看不见屋子里的情况。

印斯茅斯人并不喜欢我，我决定晚上七点就回阿卡姆。下车后，我在路边站了一会儿，思考着我应该走哪条路线回去。我并不打算与当地人交流，因为我有一种很强的直觉——和他们对话只会给我带来恶意与危险。不过，这并不能影响我对这个小镇浓郁的好奇。就在我站在那儿思考的时候，我突然想到，那家菲纳斯特连锁超市的负责人可能不是印斯茅斯人。这家全国连锁超市喜欢让店长们在不同的店里轮转，因此，

---

7 | First National Store，叫作 Finast，是全美第一家连锁零售超市，现已倒闭。——译者注

这家分店的负责人很有可能是从外地调来的。鉴于印斯茅斯人独特的外貌特征，我一眼就能看出对方是否来自外地。于是，我在街角拐了个弯，向那家超市走去。

我没想到的是，这家店并没有收银员，只有一个中年男人，正在摆弄一排罐头食品。我走进门，问他店长是谁，但显然，他就是店长。我没从男人身上发现任何属于印斯茅斯人的特征，因此，正如我所猜测的，他的确是个外地人。男人略带诧异地看向我，半晌也不搭腔，这让我有点不快，但很快我就意识到，这大约是他与这一镇子的怪人待久了的缘故。我主动进行自我介绍，并大声告诉他，我和他一样都是外地人。我心里藏了太多疑问，一张嘴就倒豆子似的：我想知道这些印斯茅斯人到底是怎么回事？大衮密令教是什么意思？传闻中，亚哈·马什又干了什么事？

店长那一瞬间的反应，倒也不算出人意料。他焦虑不安地瞥了一眼超市入口，然后走过来，几近粗暴地抓起我的胳膊。

"我们在这儿不能谈论这些！"他在我耳边严厉地小声警告。

"如果我的问题让你感到不安，我很抱歉，"我继续说道，"但我只是一个普通的旅客，我想不明白为什么这么有潜力的港口会被废弃？就像现在的事实所显示的，码头没有修好，大部分店铺也关了。"

店长全身战栗起来："他们知道你在打听这些事吗？"

我摇摇头："我只和你说过话。"

"谢天谢地！听我一句劝吧，尽快离开这个地方，你可以坐大巴……"

"我就是坐大巴来的。我想了解这个小镇的一些事情。"

店长犹豫地看着我，随后，他又瞄了一眼超市入口处，最后还是转身走向一面垂帘："基恩先生，请和我来。"

　　我跟着店长走进他的房间。男人面带犹豫，小心翼翼地压低了声音，仿佛这四面的墙壁都会偷听："你打听的那些事，都是传闻，没有任何证据证明……"

　　店长讲述了那些被世人孤立、自甘堕落的家族，因为世世代代内部通婚，从而演化出我所说的那种"印斯茅斯人特征"。同时，店长告诉我，老奥贝德船长与世界各地都有贸易往来，但有一次，他带回来一些奇怪的东西。相传，每个月月亮消失的那天，奇怪的生物会从恶魔礁下爬出来，在距离海岸线1.5英里的礁石上，与老奥贝德船长进行交易。不过，店长说，在他认识的所有人里，没人亲眼看见过这件事。不过，据说在联邦政府摧毁海滨码头的那个冬天，曾有一艘潜水艇出海，往恶魔礁下的万丈深渊发射鱼雷。店长将这些事娓娓道来，但我能感受到他的故事里存在某种空白——一个反复出现的未解之谜——或许他本人也不清楚答案。

　　老奥贝德船长身上的确有着诸多传闻，这导致马什一家都有故事。可是，韦特家、奥尔内斯家，还有艾利特家——其他几个古老的、曾经富裕的印斯茅斯家族里也有着不少传闻。店长再次叮嘱我，在马什炼油厂或是"大衮密令教"礼堂附近逗留是不明智的。

　　就在此时，我们的对话被一声清脆的服务铃打断，店长亨德森先生立刻走了出去。我通过帘子的缝隙好奇地往外瞄了一眼，只见一个女人走进了店里。这是一名印斯茅斯女人。她的外表特征令人不寒而栗，她身上的气质不仅与那些男人相似，还有一种类似爬行动物的侵略感。她讲着一口浓重的方言，但店长先生似乎能听懂，他一言不发地招待着客人，直到对方提问才开口回答，他的语气很是礼貌，甚至还有一丝顺从的意味。

进屋后，店长解释说："这个女人来自韦特家族。这里的女人都长这样，之前的马什家也是。不过，马什家几乎已经没什么人了，除了亚哈·马什和两个老太太。"

"那炼油厂还开着吗？"

"偶尔还有点生意。马什家现在还有几艘船。当年，自从政府来了以后，好长一段时间他们都没有。直到一九三几年，他们又买了几艘。没人知道这个亚哈·马什是从什么地方冒出来的，有人说他是老船长的表亲，也有人说他是直系曾孙。总而言之，他是坐船来的，直接就接手了马什家族的生意。我远远地见过他一次。这人除了去礼堂，平时不怎么出门。那个礼堂一直是马什家的地盘。"

在我坚持不懈地打探下，店长向我解释说，这里还存在一种古老的崇拜，极度排外，就连打听一下都是不允许的。

店长所说的这一切，比我曾经历过的一切更令人不安——不仅仅是字面上，更令人恐惧的是这些故事底下所隐藏的那股邪恶力量——比如，马什家与深海怪物所做的丑陋交易；再比如，礼堂紧闭的大门之后，集会时发生的那些事。1928 年，印斯茅斯一定发生了大事，这件事糟糕到媒体都不愿意报道，糟糕到联邦政府决定炸毁这个古老渔村的码头都是情有可原的。作为一个神学生，我熟知《圣经》的历史，因此，我知道

"大衮"[8]是非利士人所供奉的一名神祇，它来自红海，长得很像鱼类。然而，我脑子里一直盘旋着一个想法——印斯茅斯人的大衮，不过是以早期的神祇为面具，而在这面具底下，藏着一种极其邪恶与恐怖的存在。这种存在，不仅导致了印斯茅斯人奇怪的外貌特征，还导致了这个小镇及其周边逐渐衰败，被外面的世界所遗忘。

即便在我的逼迫下，店长也没能给我一个明确的说法。随着时间的流逝，店长表现得越来越焦虑，好像我知道得已经太多了一样，我想，是时候离开了。临走前，店长还是苦口婆心地劝我不要再调查了。

"那些知道了真相的人，最后都会离奇失踪，没人知道他们去了哪里。这些消失的人，没能留下半点蛛丝马迹——但'他们'知道。"

带着这句不祥的话，我离开了超市。

快到晚上七点了，我争分夺秒地在印斯茅斯车站附近逛了一圈。这次，我注意到那些建筑物的衰败状态很是奇怪，除了本身散发的旧木头和石头味儿，我还闻到了一股诡异的海腥味。走到这里，我不敢再往里走了，因为，我开始注意到那些与我擦肩而过的居民纷纷投来不怀好意的目光。第六感告诉我，在那些紧闭的大门、垂下的窗帘后，还有什么人在监视我。我意识到一种恶意的光环在我身边逐渐凝出实质。我逃跑似的跳上那辆返回阿卡姆镇的大巴，直到回到波士顿的家里，我才长长地出了一口气。

8|《旧约圣经》中《士师记》第十六章就曾提到，大衮是非利士人崇拜的半人半鱼神。——译者注

三

　　我回去的时候，安德鲁·费兰正在等我。

　　夜晚都快过去一半了，但费兰一直没有离开我的房间，而是用一种怜悯的眼神看着我。

　　"我总是在想，人类的好奇心为何永远无法被满足？"他开口说道，"不过，我想，任凭谁有了你这种现实无法解释的经历，都应该接受它，而不是向我寻求解释。"

　　我愣了愣："你都知道了？"

　　"知道你去了哪儿吗？是的，我知道。亚伯，有人跟踪你吗？"

　　"我没回头看……"

　　费兰沉默地摇了摇头："那么，你找到你要的答案了吗？"

　　我坦言，自己不仅比以前更加茫然，还比以前更加不安了。

　　"你之前和我说过什么？"我问道，"你去过塞拉伊诺？"

　　费兰直截了当地说："我的确去过，我和什鲁斯伯里教授之前都在那里。"

　　有那么一瞬间，我以为费兰在胡说八道，可他神情严肃，不苟言笑，看起来并不像。"你觉得这不可能？你被自己所理解的自然法则困住了。别想了，暂时接受我说的话吧。很多年来，我和什鲁斯伯里教授都在追踪一个古老的邪神，它被封印在海底一个被咒语禁锢的牢笼里，而我们的目标，是尽一切可能堵住它再次回到这个世界的'门'。听我说，亚伯，你要意识到今天下午你在那被诅咒的印斯茅斯是多么危险！"

　　紧接着，费兰给我讲述了一系列惊心动魄的故事。在这个宏大的故事里，古老而邪恶的旧日支配者们，按元素分为四个阵营——克图格亚掌管火元素；克苏鲁掌管水元素；罗伊格尔、"无以名状者"哈斯塔、札尔和伊塔库亚掌管风元素；奈亚拉托提普等则掌管土元素。这些旧日支配者们被来自参宿四的旧神们所封印，然而，每一位旧日支配者都有信奉自己的仆从，这些仆从隐秘地混迹于人与怪物之中，目的就是引导其主人再次降临。这些邪恶的旧日支配者一旦打开封印，就会再次支配这个宇宙。费兰和我讲的这些故事，与我下午在密斯卡托尼克大学图书馆里读到的禁书中的内容惊人地相似，而他的态度是如此笃定，仿佛这都是板上钉钉的事实，导致我的世界观都产生了动摇。

人类的大脑，在面对它完全无法理解的事物时，只会产生两种反应：第一种，是冲动地全盘拒绝；而第二种，则是尝试性地接受。即便不愿相信，我也不可避免地在内心深处意识到，只有费兰这一套令人恐惧的说辞，才可以解释他出现在我房间后所发生的那一系列诡异事件。而在费兰编织的这一系列解释中，有几件事格外吸引了我的注意力，也是最不可思议的。

费兰说，克苏鲁正沉睡于海底深处的拉莱耶，但它随时都可能醒来，并通过"门"浮出水面。而他与什鲁斯伯里教授的工作就是寻找这些门，以杜绝克苏鲁降临的可能。费兰说，他和教授有一种由木纳尔灰岩所雕刻的五角星石，它被旧神施过咒语，因此可以抵御旧日支配者的那些仆从，比如深潜者、修格斯、丘丘人、巨噬蠕虫、沃米人以及伐鲁希亚人那一类的东西。不过，他与教授的行动惊扰了克苏鲁手下一些更高阶的仆从，面对这些东西，五角星石就没什么用了。

因此，费兰与教授为了与之抗衡，不得不求助于克苏鲁自古以来的劲敌——"无以名状者"哈斯塔。他们召唤来了哈斯塔的仆从，那是一种长着蝙蝠翅膀，能进行星际穿越的生物。费兰还说，他们有一种黄金蜂蜜酒，喝了以后，各方面的感知力都会大幅度提升，且能获得穿越时间与空间的能力。就这样，在喝了黄金蜂蜜酒后，费兰和教授乘坐哈斯塔的仆从来到了塞拉伊诺。在塞拉伊诺，有一座由巨大石柱建成的图书馆，那里有大量书籍与象形文字，都是在旧日支配者反叛旧神后，从它们那里偷来的。在那个图书馆里，费兰与教授继续深入他们的研究。不过，尽管费兰和教授在塞拉伊诺，但他们并非不知道地球上发生的事。很快，他们了解到印斯茅斯的那些怪人再次开始与深潜者们往来，其中至少有一个人是负责召唤克苏鲁的领导者。为了阻止这一切，什鲁斯伯里教授把安德鲁·费兰送回了地球。

我忍不住问道："恶魔礁下的那些生物，和印斯茅斯人到底有什么往来？"

费兰反问："你去过印斯茅斯，这还不明显吗？"

我摇了摇头："那个超市店长告诉我，这都是近亲通婚导致的。"

费兰冷笑："是通婚——但并不是印斯茅斯几个家族内的通婚，而是和那些来自恶魔礁下伊哈－恩斯雷的怪物通婚。所谓的'大衮密令教'也只是个幌子，那是一群只听从于克苏鲁及其仆从的追随者，他们时刻准备打开'门'，让邪恶的克苏鲁来统治世界。"

足足一分钟，我被这消息震撼得说不出话来。

费兰的态度似乎在说，无论我是否相信他说的都是真的，等他完成任务之后，就打算返回塞拉伊诺。我把这句话告诉他，他只是答道："是的，本来的确是这样计划的。"

It is a terrible thing to lose faith
in the world of daylight . . . . .

鲍里斯·多尔戈夫为德雷斯作品所绘插画

"那这个号召大家重新崇拜克苏鲁，再次与深潜者开始往来的负责人，你知道是谁了吗？"

"我只能说，我有一个怀疑对象。他太明显了。"

"亚哈·马什。"

"是的，就是他。最早的时候，也是他的曾祖父奥贝德，乘船环游世界后带来了克苏鲁崇拜。我们现在了解到的是，奥贝德最早在太平洋中部的某个小岛上——那个地方压根儿就不应该有岛——第一次遭遇了深潜者，随后，他开辟了一条让深潜者来到印斯茅斯的通道。因此，马什家族富裕了起来。但与那么一个封闭的地方通婚，他们逃不过生理上的改变。他们的血脉被污染了，几代人之前就被污染了。在1928年到1929年之间，联邦政府的介入暂时切断了他们与深潜者之间的往来。十年都没到，亚哈·马什卷土重来，没人知道他是从哪里来的，但那两位年长的马什太太直接把他当成了自己的孩子。他们重启了计划，而这次，他们为了避免再招惹联邦政府，行动低调了许多。我这次回来，就是为了阻止他们的阴谋。我不能失败——我必须成功！"

"可是怎么才能做到呢？"

"再等等，明天我会去一趟印斯茅斯，等时机成熟了便行动。"

"那个超市店长告诉我，但凡是外地人过去，都会被监视。"

"我会伪装成本地人的模样。"

整个晚上，我躺在费兰身侧辗转难眠，被一种想陪他同去的冲动折磨着。如果说，费兰的故事都是他想象出来的，那这也一个瑰丽而奇妙的故事，听得人心跳加速，热血沸腾。如果这并非想象，那么，把邪恶的芽头掐死在印斯茅斯，不仅是费兰的责任，也是我的。不管是现在的教义，还是其他更古老的信仰，自古以来，邪恶都是世间一切良善的敌人。在费兰讲述的事情面前，我对神学的研究显得无足轻重。尽管我当时的确还心存疑虑——对此，我到底能做些什么呢？费兰所描述的这些邪恶存在，几乎令人无法想象，更别指望别人相信了。人一旦太过多疑，精神负担就会变重，因为他无时无刻不在怀疑之中，就连最简单的事都无法全信。不过，作为一个神学生，旧日支配者背叛旧神这件事，让我想起了堕落的天使背叛天神这个更广为人知的故事。显而易见，这两个传说之间，有着不容忽视的相似之处。

第二天早晨，我告诉费兰，我也想尽一份绵薄之力。

费兰摇了摇头："我很高兴你愿意帮我，亚伯，但你完全不清楚这意味着什么。昨天我告诉你的，不过只是一些粗略的概括。我没有理由让你参与其中。"

"我会为自己的行为负责的。"

"不，责任永远在知晓真相的人肩上。即便是我和什鲁斯伯里教授，都还有大量的信息不曾了解。我甚至可以说，我们就连皮毛都没有碰到——再看看你，你又知道多少？"

我坚持道："可我认为，这是我的责任。"

费兰若有所思地看着我。第一次，我在他的眸底捕捉到了一丝不属于他这个年龄的沧桑。"让我想想，亚伯，你现在大概二十七岁——你有没有想过，如果你坚持参与这件事，你可能就没有未来了？"

我开始耐心地与他争论。作为一名神学生，我早就决定要倾尽一生与这世间的邪恶做斗争，而这种我能与他一起去对抗的邪恶，比那些盘踞于人类灵魂深处的邪恶更为具体。费兰听到这句话时，忍不住笑着摇了摇头。我们就这样来回拉锯，最后以费兰的妥协而结束，但我感觉他答应时似乎对我依然有所怀疑。

我们计划的第一步，是从波士顿搬去阿卡姆镇。一方面是阿卡姆离印斯茅斯很近，另一方面是避免费兰被房东太太发现，从而导致不必要的曝光。之前，费兰与什鲁斯伯里教授被深潜者一路追杀，被迫逃往外星，费兰一旦被曝光，这些追兵就知道他又回到了地球上。毫无疑问，这些东西会再度追来，但我希望是在费兰完成任务之后。

当晚，我们就搬走了。

费兰不建议我放弃波士顿的房间，因此，我又租了一个月——我想，自己一时半会儿可能回不来了。

抵达阿卡姆镇后，我们在库文街上租了一间相对较新的房子。费兰后来告诉我，这个屋子是在什鲁斯伯里教授家的原址上建的，而曾经那座老宅，随着教授的失踪而毁于一场大火。我们放好行李后，谨慎地告知房东，我们经常不在家，可能一走就是好久。随后，我们开始准备去印斯茅斯可能会用到的物品。费兰认为，倘若我们不想在印斯茅斯被监视，则必须尽可能地把自己打扮成印斯茅斯人的模样。

当天下午，费兰就开工了。我很快就发现，费兰是一位技巧精湛的艺术家。在他的帮助下，我的容貌发生了彻底的改变——从一个外表无害甚至有些虚弱的小伙子，一下子年长了好多岁；不仅如此，我还长出了印斯茅斯人典型的窄长脑袋、扁平鼻以及那奇怪的耳朵。他对我的整张脸都做了改动。我的嘴唇变厚了，皮肤变得粗糙，面色灰暗苍白，简直让人不忍直视。他让我的眼睛呈现出一种凸出的、类似两栖动物的效果，甚至还在我的脖子两侧画出了那种诡异的、几乎像鳞片一般的皱褶！

在费兰大功告成之后，我根本认不出镜子里的自己。光是化妆，就花了整整三个小时，结束时发现就像预期一样漫长。

费兰仔细地打量着我，得出结论："看上去有那味儿了。"随后，他二话不说，不眠不休地给自己也化了同款妆容。

第二天一早，我们便离开家前往印斯茅斯。为了掩人耳目，费兰特意从新霍里港绕路，从另一个方向乘坐大巴进入印斯茅斯。当天中午，我们就在吉尔曼家安顿了下来。这是镇上唯一一家还开放的旅馆。这旅馆和小镇上的所有房屋一样，破败不堪，只有部分房间可以住人。工作人员打扮邋遢，偶尔向我们投来好奇而探寻的目光。我们俩装作是堂兄弟，化名阿莫斯与约翰·威尔肯。因为费兰发现，威尔肯是一个古老的印斯茅斯姓氏，但在这个被诅咒的海港小镇里，目前没有活跃的威尔肯家族成员。吉尔曼家那位年长的收银员瞪了我们好几眼，最后，他那凸出的眼睛看向登记簿上的名字，操着一口印斯茅斯方言问道："你们是老杰德·威尔肯的亲戚吗？"

费兰爽快地点了点头。

"能看出你们是那里的人。"收银员笑得有些猥琐，"来做生意？"

费兰答道："来度假的。"

"那你们来得可正是地方。这儿有很多可以看的，当然，如果你们是'那样的'人……"说着，他再次发出了那种令人反感的、充满暗示性的笑声。

等我们回到房间时，费兰看起来比任何时候都更加紧绷："截至目前，我们做得很好，但这只是开始。我们还有很多工作要做。过不了多久，那个收银员就会让全世界都知道我们是杰德·威尔肯的亲戚，这可以满足那些八卦分子的第一个问题。我得提醒你，尽管我们的外表特征和所有印斯茅斯人一样是被'污染'过的，因此可以接近亚哈·马什可能会出现的区域而不引起怀疑，但我坚信，我们不应该和亚哈近距离接触。"

"不接触？那我们只是观察亚哈，能有什么用？"我反驳道，"如果你基本已经确定他就是……"

"亚哈身上的秘密远比你想象得要多，亚伯。甚至，可能比我想得都要多。我和什鲁斯伯里教授了解马什一家，了解他们的血脉传承，但在他们的家谱里，我们无论如何都没能找到一个名叫亚哈的人。"

"可他就在这儿。"

"是的，没错。"费兰反问，"但你想想，他到底是怎么来的？"

我们很快又出门了，但和抵达时一样，我们故意穿着洗褪色的旧衣服，以避免给人留下有钱的印象，从而吸引不必要的关注。费兰带我走到河岸附近，故意在格林新教堂附近绕了一圈，只为悄悄地瞄一眼大衮密令教的据点所在。最后，我们抵达一处离马什炼油厂不远的地方。我们在那儿没待多久，终于发现了我们此行的目标——亚哈·马什。

我首先注意到的是亚哈的走路姿势——我看着他从炼油厂走向那窗帘紧闭的车，就几步路的距离，但他佝偻着身体，忽走忽停，完全没有正常人的节奏。亚哈并不是拖着步子，或者说蹒跚而行——而是在用一种完全非人类的步态走路。即便是在诡异的印斯茅斯，我也没见过这样走路的人，不管怎么说，其他印斯茅斯人都还是人类的步态。

亚哈的个头很高，比当地人要高不少，但他依然有着印斯茅斯人的典型面目特征，他的皮肤——尽管它有时看起来更像是鱼鳞，但我知道那是皮肤——泛着一股油腻的光滑感，不像当地人那么粗糙。这或许说明，他身上的"外族血统"更为纯正。亚哈的脖子有些瘦长，戴着一顶帽子遮住了自己的光头，几乎看不到耳朵；他的脸上还戴着一副钴蓝色的墨镜，因此我看不到他的眼睛；他的嘴巴与当地人相似，但因为下巴几乎消失了，两瓣嘴唇显得更为凸出。他这张没有下巴的脸，越看越像一条可怕的鱼，看得我心惊胆战。尽管如此，亚哈的一身行头倒很精致，双手戴着黑色手套，我多看了一眼才发现，那是一双连指手套。

周边没人观察我们。我故作无意地瞥了亚哈一眼，而费兰则是努力避免目光直接接触。他转过身，通过一面小镜子偷偷观察。不一会儿，亚哈·马什就开车离开了。

费兰只点评了一句："这么热的天，戴手套也不嫌热。"

"我也是这么想的。"

"恐怕我的猜想是对的，"费兰没多解释，"走着瞧吧。"

我们离开了炼油厂所在的小山丘、瀑布以及马努塞特河，走向镇上的另一个区域，漫步于印斯茅斯狭窄的街巷里。费兰看起来陷入了沉思，我没有打扰他。我再次诧异于这个海港小镇随处可见的衰败——明明是大白天，但路上几乎没有行人，好像这里的居民大多不外出，周遭死气沉沉的，仿佛没有活物。

然而，印斯茅斯的夜晚却注定了不会平静。

随着夜色降临，我们来到了大衮密令教据点。费兰在上次踩点的时候发现，如果想进入礼堂，必须持有一块鱼形的秘印作为通行证。在我上回偷偷来印斯茅斯探秘的时候，费兰复制了几套秘印，把一模一样的那枚留给了自己，给了我一块形状最接近的。他建议我如果一定要跟来的话，别冒险，待在礼堂外等他。

可是，我不愿意在外面等。我确信自己不想错过今晚会发生的事——今晚有很多人会去礼堂，显然都是大衮密令教的信徒。尽管费兰反复告诫我，偷偷参加这种对外禁止的仪式是异常危险的。但是最后，我无所畏惧，坚定地和费兰一起去了。

幸运的是，我们伪造的通行证没有穿帮。万一被发现了怎么办？我相信，光是这样的想法，就让我不寒而栗。不过，我想，这主要还是归功于这张精心伪装过的脸，它使我们很容易就进入了大厅。我们是威尔肯家亲戚一事显然已经传开了，这让我们成了万众瞩目的焦点，时不时就会有人瞥我们一眼，但那目光里只有好奇，没有挑衅与恶意。我们选了一对靠近门口的座位，万一情况不对，方便我们撤离。坐下之后，我环顾四周，这礼堂高大却光线昏暗，窗户全用黑色的焦油纸糊了起来，让这里看起来更像一个老式影院——电影行业刚起步时，那种被改装后用来一帧一帧地放图的大厅。

除此之外，礼堂正前方的讲台上，似乎正升起一股令人不安的黑气。不过，让我浮想联翩的并非此处昏暗的环境，而是四周的装饰。

整个礼堂都挂满了一种奇怪的、看着像鱼的石像。我注意到，其中有一些石像的形状类似于波纳佩岛上发现的远古石雕，而另外一些石像身上雕刻着一些令人不安的花纹，我曾经在复活节岛、中美洲的玛雅文明遗址以及秘鲁的印加古城里看到过类似的纹路。即便是在灯光昏暗的大厅，我也能看出这些石像与雕塑都不是印斯茅斯人制造的，而是来自某个国外的海港。事实上，这些雕塑可能就是来自波纳佩岛。毕竟，当年马什家的船纵横四海，去过世界上的每一个角落。

礼堂太暗了，只有讲台底部亮着一盏灯，除此之外，再无照明。在这样的灯光下，这些石像与雕塑愈发不像来自我们这个世界，令人毛骨悚然。它们仿佛带着某种可怕的暗示——它们好像是从时光深处走来，讲述着人类文明之前那些伟大的岁月，或许那时，这个世界乃至这个宇宙都还很年轻。除此之外，讲台正中央还摆放着一个张牙舞爪、没有具体形状的章鱼状雕塑。整座礼堂就只有这么点东西——坐上去吱呀作响的椅子，讲台上的一张桌子，封闭不透光的窗户，以及在昏暗的光线条件下格外吓人的石像与雕塑——除此之外，再无其他，显得格外阴森。

我瞄了一眼我的同伴，却发现他正面无表情地盯着前方。如果他已观察过这些石像与雕塑，那他一定做得十分隐蔽。我想，我可能不应该再盯着这些奇怪的石像看了，于是，我也学习费兰，开始目视前方。通过余光，我注意到有越来越多的人涌入礼堂，根据白天在街上的经历，我简直无法相信镇里能有这么多人。礼堂里大约有四百个座位，很快就全坐满了。当座位明显不够用的时候，费兰起身，主动走向入口处的墙边。我也跟着起身，把座位让给了一对年老的夫妇。我注意到，印斯茅斯人独特的外表也会随着年纪增长而变化——比如，他们脖子上的皱褶变得更深、更像鱼鳞了，眼球也像玻璃珠子似的，愈发凸出。我们让位的举动并没有引起关注，因为墙边已经站了一些人。

事情发生的时候，大约是晚上九点半，毕竟，夏日的天黑得很晚。突然，礼堂的后门被打开，一名身穿法衣的中年男人走了进来，身上挂着诸多奇怪的饰品。乍一看，我还以为他是个牧师，但很快我就发现，他身上挂着的都是一些两栖动物、鱼类形态的饰物，与礼堂里的石像与牌匾一模一样。只见男人走到讲台上的章鱼雕塑前，虔诚地用手触碰后，嘴里开始念念有词——我一开始以为这是拉丁语或是希腊语，但很快我发现都不是。他所发出的音节奇异而含糊不清，我半个字都听不懂，可恐怖的是，我身边的人们开始低声呢喃，仿佛在跟着抒情地唱诵着什么。

就在此时，费兰拍了拍我的手臂，悄无声息地离开了。集会才刚开始，我并不想走，但我还是紧随其后离开了。

"怎么了？"我忍不住问道。

"亚哈·马什不在这里。"

"他可能一会儿才会来。"

费兰摇了摇头："不，我们得去别处找他。"

费兰走得是那样坚决，让我忍不住怀疑他知道亚哈在哪里，而事实的确如此。我以为费兰会直接去华盛顿街上的马什老宅，但他并没有往那个方向走。紧接着，我又猜费兰会带我去炼油厂。这次方向倒是对了。我们抵达炼油厂后，跨过马努塞特河上的大桥，沿着入海口港湾外的海岸线一路向前。那天的夜一片漆黑，一弯姗姗来迟的残月于东方夜空里升起，在海面上洒下一片微弱的暖光。星辰闪烁，南方天际压着一片乌云，海风从东面习习吹来。

最后，我实在忍不住问道："费兰，你知道我们在往哪儿走吗？"

"我知道。"

我们脚下的这条鲜有人走的路被标记为"私人领域"，疯狂地沿着海岸线一路延伸。我们跨过大量的碎石、沙子与车辙，抵达了一个地方，费兰突然跪下，轻轻触摸起沙地里留下的车辙印。

"不久前有人来过。"

与周围结块的沙子不同，这车辙印显然是刚留下的。

"你觉得这是亚哈留下的？"我问道。

费兰若有所思地点了点头："前面不远处有一个小海湾，是老奥贝德于一个多世纪前买下的，属于他们家族。"

直觉告诉我，从现在开始每一步都应该小心翼翼，但我们走得依然很快。

在那片海湾的沙滩上，我们发现了亚哈·马什离开炼油厂时乘坐的那辆拉着帘子的车。费兰看起来半点都不慌张，直接走了过去，就好像他知道车里的情况一样——车里的确没有人。不过，车后座上，胡乱堆着一团衣服。即便是在夜晚，我也能一眼认出，这正是亚哈白天穿的那一套。

费兰关上车门，绕过车，快步走到海边，再次跪下检查地面。我连忙跟了过去，在那里发现了亚哈的一套鞋袜。尽管今天很热，但他依然穿了一双厚实的羊毛袜。借着微弱的月光，我发现那双鞋不仅形状诡异，还宽得不对劲——能看出来，最开始它是一双正常的鞋，只是尺码大了一些，但它已经被硬生生地撑变形了，就好像这鞋的主人的足部有某种畸形。

月光下，费兰扭头看向我，做出了一个倾听的动作："你仔细听——"

费兰让我听的声音，好像是一种从遥远的地方传来的鬼哭狼嚎，不可能是人类发出来的，它并非来自大陆，而是海洋深处。海风中回荡的声音让我想起了很多东西，比如，超市店长和费兰告诉我的那些恐怖传说，印斯茅斯人与恶魔礁下那些海洋生物之间诡异而邪恶的交易，奥贝德·马什在波纳佩岛以及其他岛屿上搜罗的石像，二十年代末期接二连三神秘失踪的年轻人，那些被扔进大海活祭、再也没有回来的人们！又有一阵海风吹来，从东面带来一阵仿佛来自异世界的吟唱，那是一种我无法描述的水声，像含着液体在呜咽一般，带着一种人类从未体验过的阴毒。与此同时，我的目光落回沙滩上，突然注意到亚哈·马什的鞋袜与大海之间的沙滩上，有着一长串脚印。这显然不是人类的脚印，它的脚掌极宽，脚趾格外粗长，之间还连着蹼！

四

关于后来发生的那些事，我迟迟不愿落笔。自从费兰明确了目标以后，就没有必要拖延了——亚哈·马什就是他所寻找的目标，相比之下，大衮密令教的崇拜者们不值一提。费兰告诉我，活祭又开始了，就像老奥贝德时期一样，只是这次隐秘了许多。在1928年到1929联邦政府介入后，无论是留在印斯茅斯的人，还是在联邦政府撤离后又回来的人，都更加谨慎了。就像亚哈——那天晚上，亚哈脱了衣服走进了海里，第二天又照常在镇上出现，好像什么都没发生一样——会有人怀疑亚哈游去恶魔礁了吗？会有人怀疑给亚哈开车的年轻司机那晚的遭遇吗？可献祭方式就是如此：亚哈选中祭品后，会在对方毫不知情的情况下，雇用那人为自己工作。大西洋漆黑的海面上，恶魔礁会在退潮时露出森然、嶙峋的轮廓，就好像等时机成熟，祭品就会被献祭给恶魔礁下伊哈－恩斯雷的恐怖生物们。

亚哈在第二天就回到了炼油厂。另一个开着他的车的年轻司机，载着他从华盛顿街上绿树荫蔽的马什老宅前去马努塞特河瀑布边上的炼油厂，二者之间距离不远。

整个晚上，我们都在吉尔曼家的房间里偷听。除了被东风吹来的那种恐怖呜咽声，我们还听到了其他声音：刺耳的尖叫，一种沙哑的、撕心裂肺的、人类濒死前的叫声，以及大衮密令教集会礼堂里传来的唱诵声。那么多人聚集在那个装满了诡异石像、雕塑与邪神图腾的礼堂里，一遍又一遍地唱诵着，直到夜空里都充斥着他们的祈愿——"Ph'nglui mglw'nafh Cthulhu R'lyeh wgah'nagl fhtagn."——费兰低声翻译着："在拉莱耶的府邸里，长眠的克苏鲁酣梦以待。"

第二天早晨，费兰出了一趟门。他一确认亚哈已经回到镇里，就迅速地折回旅馆，投进了自己的研究。他告诫我不要惹人注意，除此之外，一整天都没有管我。当然，我完全没打算吸引别人的注意，但我还是想继续调查一下残忍的活人祭祀。费兰给了我一份名单，里面列着几位可能与活祭相关的印斯茅斯人。于是，我又回到菲纳斯特连锁超市，去拜访了亨德森先生。

感谢费兰精湛的化妆技术，店长并没有认出我，而是用一种卑躬屈膝的态度接待了我，就像他上次接待那个韦特家的女人一样。我进门时，店里还有另外一个人，不方便我坦白身份，因此，我只能等他离开后再开口。起初，亨德森先生以为我们上次的谈话被印斯茅斯人知道了，直到我提供了大量上次谈话的细节，他才相信了我。不过，他看起来依然很害怕。

他小声地抗议道："要是被他们发现……"

我向亨德森先生保证，除了他以外，没人会知道我的真实身份。因为，我觉得我可以相信他。亨德森先生猜我在"调查什么事"，并再次焦急地试图劝我放弃："有些人用鼻子就能闻出来你是不是印斯茅斯人！我不知道他们是怎么做到的，就好像能读心一样。如果你被他们抓住了——为什么，为什么……"

我问道："什么'为什么'，亨德森先生？"

"如果你暴露了，你就永远回不去了！"

我佯装自信地向他保证，我一定不会被发现的。我告诉他，自己此行是为了打探一些消息。亨德森先生拼命摇头，但我不接受他缄口不言。或许，他真的不知道什么，但我必须问："你在印斯茅斯的这几年里，有没有留意到突然失踪的年轻男女？"

他鬼鬼祟祟地点了点头。

"多吗？"

"大概二十多个。每次大衮密令教搞活动——虽说集会并不频繁，但一般集会之后，镇里就会消失那么一个人。我刚听说这些事的时候，还觉得挺正常，毕竟，谁不想逃离这个鬼地方？"

可后来，亨德森先生渐渐发现，那些失踪的人都曾在亚哈·马什手下工作，而且，老奥贝德那会儿就有类似的传闻——他不时地会带人去恶魔礁，然后独自回来。

"这都是扎多克·艾伦说的。他们说扎多克是个疯子，但这疯老头子说的一些事，都是证据确凿的。他总是那样神神叨叨的，他还会咒语呢，"亨德森说道，"直到他死了。"

"不过，"亨德森又补上一句，"我觉得疯老头可没死。"

我不解："你是说，在他们杀了他之前？"

"我可没这么说。我什么都没说。我警告你，我什么都没看到——管他呢，反正我这里没有任何能帮到你的信息。我不知道什么'失踪'，我只是再也没见过那些人罢了，仅此而已。后来，我又听到了一些事——也不知道是谁说的，我无意间听到，悄悄记下来了——你知道吗？当地新闻从未报道过失踪人口，镇里的所有人都对这些事闭口不提，也没有任何人试图去找过这些失踪的人。我忍不住又想起了老扎多克讲的事，以及奥贝德·马什船长的那些传闻。或许，可能就是我想多了。毕竟，根据我的经验，正常人在这鬼地方生活几年，精神难免会出问题，我看有些人待几个月就能疯。我并不是在说扎多克·艾伦疯了，他只是在喝了几杯后，多说了一些话——酒精打开了他的话匣子。但每次在第二天清醒过来，他就后悔自己多嘴。大白天走在路上，他也会担心有人要害自己。他还经常眺望大海，当潮水退去，天气晴朗的时候，他就能看到恶魔礁。印斯茅斯人平时不会眺望大海，但每当大衮密令教集会的时候，海面上就会出现奇怪的光。同时，吉尔曼家的圆屋顶上也会亮灯，两边一闪一闪地互动着，就好像在对话一样。"

我问："你亲眼见过那些光吗？"

"我见过。这是我唯一亲眼见过的东西。海上的光，可能是一条船发出的，但我觉得可能也不是，毕竟当时我也不在恶魔礁。"

"那你有没有去过那里？"

亨德森摇了摇头："我没有，先生。我半点都不想去。有一次我下海的时候，离恶魔礁还挺近的——那都是一些丑陋的灰石头，奇形怪状的——我压根儿都没想靠近。那边好像有一股什么力量，会让你想离开，像是一只无形的手在把你往外推——我当时感觉到了，起了一身鸡皮疙瘩，直到现在都记忆犹新。那时候，我还不知道那么多传闻呢。所以，我会产生这些想法，并非是因为别人的暗示，也不是因为自己想象力过于丰富。"

"那么，基本上可以说亚哈·马什是整个印斯茅斯的掌权人？"

"是的，没错。因为韦特家、吉尔曼家、奥尔内斯家都没男丁了，家族里只剩下一些老太太。联邦政府接手的时候，男人全不见了。"

我把我们的话题又转移回那些离奇失踪的人身上。我很难想象，在当今这个社会，这么多年轻男女凭空失踪，竟然还能半个字都不见报。

亨德森先生短促地"呵"了一声："要是你觉得这匪夷所思，那你真是半点儿都不了解印斯茅斯。这群人的嘴可紧了，紧得和闭合的蚌一样。如果他们认为，这些是供奉神明必须做的事，我是指——他们那个不知道是什么的邪神——那么，印斯茅斯人就从不抱怨，只会把事情做到最好。这里的人都畏惧亚哈·马什，怕得要死。"

说着，亨德森突然神秘兮兮地凑到我身前，距离近得我都能感受到他加速的心跳。

"你知道吗？我碰过一次亚哈，只这一次就够了，哦，天啊，我再也不想体验第二次！亚哈的皮肤冷得和冰一样。当时，我不小心碰到了他的手腕露出来的这一块，他瞬间就把手缩了回去，还瞪了我一眼——他的皮肤有一种冰凉滑腻的触感，简直和鱼一样！"亨德森一想起这些事就觉得不寒而栗，忍不住拿纸巾擦了擦自己的太阳穴，这才放松下来。

我问道："这里的人不都这样吗？"

"不不不，不是。其他几个家族的人并非如此。大家总说，马什家全都是冷血动物，特别是从老奥贝德船长开始。但我听说了点别的。就拿那个人举例吧——威廉姆森，我记得他好像是叫这个名字——联邦政府就是这个人叫来的。当时大家不知道，他也是马什家的人，还有一些奥尔内斯血统。当大家知道这件事以后，什么都没做，就等他自己回来。威廉姆森的确回来了，还一路高歌着走向海边，脱了衣服，潜入大海，一直游向恶魔礁，然后再也没人见过他。我不得不再提醒你一次，尽管这些事发生的时候我都在镇里，但我未曾亲眼所见，都是道听途说。马什家和其他人家不一样，马什家的人不管跑得多远，最后都会回来。你看看亚哈·马什就知道了，鬼知道他是从哪里回来的。"

尽管亨德森很害怕，但他一旦开口，就有些喋喋不休。我想，一方面是因为他长期与外界缺乏交流，另一方面是早上这个时段比较安全，店里没什么顾客。印斯茅斯人喜欢四五点时才来购物，以至于亨德森不得不把营业时间推迟到六点之后。亨德森还和我讲了印斯茅斯人喜欢佩戴的那些饰品——那些诡异的手链、头环、戒指与胸饰全都雕刻着恶灵图案，让人看了不寒而栗。那些饰品上的图案，让我不禁想起了大衮密令教礼堂里的那些石像与雕塑。亨德森说他偶尔见过几次，佩戴这种饰品的人大多信奉大衮密令教，还有少数堕落了的教会人员也会佩戴。亨德森还告诉我，大海里那诡异的呜咽声，是"一种歌声"，但显然不是人类发出来的。

"那到底是什么？"

"我不知道，我半点都不想知道，"亨德森突然压低了声音，"了解这种事没好处。就像昨晚一样，那声音是从'那个地方'来的。"

"我知道你的意思。"

亨德森还暗示了有其他声音——尽管他一次都没有提起那嘶哑的、撕心裂肺的尖叫声，但我知道他也听到了。

"那里还有一些别的东西，"亨德森阴沉地喃喃道，"那些生活在恶魔礁下面的怪物，可以追溯到老奥贝德时代。"

亨德森告诉我，关于老奥贝德本人，还有一些不允许传播的传闻。其中有一则是说老奥贝德其实没死。据说，当时有一船来自新霍里港的人，他们一上岸就开始瑟瑟发抖，说他们在海里看到了老奥贝德像海豚似的在游泳。

"如果他们看到的东西不是老奥贝德·马什，那还能有什么东西长得像他？这群新霍里港人到底看到了什么？普通的海洋生物可不会把他们吓成这样！你想想，为什么印斯茅斯人对此事讳莫如深？他们让这群新霍里港人闭嘴，不要再提此事。"

或许，因为这些人来自外地而不值得被信任，也有可能，印斯茅斯人自己也不愿意相信他们在恶魔礁附近看到的东西。不过，店长告诉我，那片海域里的确有东西在游来游去，别人也见过。从外形上看，这些东西有点类似人类男女，但它们全身覆盖着诡异的、皱巴巴的、还能反光的皮肤，有时候看起来像鳞片。它们能一口气潜入深海，再也不出来。

"你有没有想过，印斯茅斯的那些老年人都去了哪里？他们既不举行葬礼，也不埋入地底——这些老人的相貌，一年比一年更奇怪，直到某一天，他们会走向大海，而镇里人第一时间上报的总是'海上失踪''溺亡'那一类的原因。我只能说，恶魔礁那边的确有东西在海里游荡，但它们很少在白天出现，主要在夜间活动。你想想，那都是些什么生物？那些爬到恶魔礁上去的东西到底是什么？为什么一些印斯茅斯人大半夜的要去那里？"亨德森越说越激动，但他一直控制着自己的声音。很显然，亨德森对自己在印斯茅斯听到的传闻耿耿于怀，一方面，他不受控地被这些怪事吸引；而另一方面，他又几近病态地对此感到厌恶。

等我回到吉尔曼家旅馆的时候，差不多已是中午了。

费兰已经结束了自己的研究，非常耐心地听了我的分享，但他在听了亨德森所言之事后，脸上没有半分诧异。我说完之后，费兰点了点头，没有给我任何反馈，而是直接开始向我讲述接下来的计划。

"我们马上就要离开印斯茅斯了，"费兰说道，"一解决亚哈·马什就离开。不是今晚，就是明晚，总之，一切准备就绪。然而，在这次行动开始之前，我必须和你说一些事，尤其是那些可能会波及你的危险。"

我急忙说道："我不害怕！"

"我知道，从生理意义上讲，或许你的确不怕，但我们根本不知道这些怪物会对你做些什么。我们都有一块护身符，它足够抵御这些深潜者以及其他旧日支配者的仆从，但它的力量不足以抗衡旧日支配者以及它的贴身侍卫。有时，这些高级侍卫会出来执行特殊任务，专门追杀我们这些知晓了秘密并试图阻止旧日支配者们降临的人。"

说着，费兰递给我一块我认不出材料的五角星石。那是一块灰色的石头，我立刻想起自己在密斯卡托尼克大学图书馆里读到的——"由古木纳尔灰岩雕刻而成的五角星石"，它身上藏有旧神的力量！在费兰的叮嘱下，我沉默地把那块石头塞进了自己的口袋。

费兰继续说道："这块石头只能给你提供一部分保障，但如果你被克苏鲁的高级侍卫追上了，还有一种逃命的办法——如果你想的话，你也可以逃到塞拉伊诺上去，尽管旅途本身可能会不太舒服。"

费兰还告诉我，前往塞拉伊诺需要召唤一种能进行星际穿越的生物。本质上说，它们也是一种邪恶的生物，因为它们侍奉"无以名状者"哈斯塔，筑巢于毕宿星团的哈里湖，但由于哈斯塔与克苏鲁之间的敌对关系，它们乐于抵抗深潜者以及克苏鲁的其他仆从。不过，为了驾驭这些生物，我必须先吞下一枚蜜丸，它是由什鲁斯伯里教授的神奇黄金蜂蜜酒蒸馏而成的。人在喝下这种蜂蜜酒后，便不再受到时空法则的制约，可在其维度内自由穿越，同时，感知能力也会获得显著提升。吃下蜜丸后，我还需要吹响一枚形状古怪的石哨，并对着天空大喊：

"Iä! lä! Hastur! Hastur cf'ayak' vulgtmm,vugtlagln,vulgtmm! Ai! Ai! Hastur!"

随后，一种会飞的生物——拜亚基——会从天而降，这时，我只需要勇敢地骑上去就可以了。在极度危险的情况下，不要犹豫——深潜者和那些高级侍卫所能造成的伤害，不仅仅针对肉体，还会摧毁人的精神。

我在震惊之余，还感到了一股触碰灵魂的恐惧。任何一个人类，在第一次凝视宇宙深处、第一次开始思考外太空是如何浩渺时，都会产生这样的恐惧。我突然意识到，安德鲁·费兰就是用这种旅行方式回到我在波士顿的房间里的，同样，两年前，他也是用这样的方式"失踪"的！

"这些是我能提供给你的所有保护了。"说着，费兰把蜜丸和哨子塞进了我的手里。以防我不小心把蜜丸弄丢，他直接给了我三颗。费兰再次叮嘱我，除非是在他刚才所描述的紧急情况下，否则千万不要随便吹，不然后果非常致命。费兰还明确表示，我们不会一起回到阿卡姆镇，尽管我们可能会一起出发。

"他们会以为我们要回新霍里港，"费兰解释道，"所以，我们改走铁路回阿卡姆。无论如何，沿着铁路走要快得多，等他们开始找我们的时候，我们早已远走高飞。等我们的目标一完成，就去火车站，不过，我们必须先确认亚哈死了，不管这需要多久。"费兰沉默良久，又补充了一句，"如果只是印斯茅斯人在追我们，则不必感到害怕。"

我问道："那如果是另外那种'高级侍卫'呢？"

费兰阴沉地答道："那种东西出现的时候，你自然就能感受到，不需要我多做解释。"

夜幕降临前，我们已经准备好了。我尚不清楚费兰的整个计划，但我知道，第一步是搞定华盛顿街上马什老宅里的那两个女人。为了达成这个目的，费兰伪造了一份平平无奇的邀请函——信里说，一位年长的亲戚远道而来，暂住在吉尔曼家酒店，因为健康原因不方便打电话，但他希望能在当晚九点，与阿莉扎和伊斯莱·马什女士见上一面。这是一封看起来再普通不过的信件，一切细节如常，除了费兰在信封的蜡封处印了一个大衮密令教的通行印信。信上最后的落款是"威尔肯"，因为费兰知道马什和威尔肯两个家族在多年前曾有过联姻。费兰确信，这封信足够把两位马什太太引出门来，从而给我们争取到足够的时间，以摧毁克苏鲁仆从首脑在印斯茅斯的据点，彻底中断他们让克苏鲁从沉眠中复苏的计划。

费兰在晚餐前寄出了这封信件，并叮嘱收银员，如果有人打电话找他，他马上就回来。随后，我们便出门了。费兰拎着一个小旅行包，把他带来的一些东西放到了他刚回来时的那件长袍口袋里。

那是一个阴沉多云的夜晚，费兰对此感到很高兴。如果天气好的话，晚上九点时天还没有黑透。而现在，足够的黑暗更方便我们行事。如果一切按计划执行，两位马什太太会让那个新司机开车，把她们送去吉尔曼家，这样一来，老宅里就只剩下亚哈·马什一人。费兰说他并没有什么顾虑，即便她们不上钩，计划也会照常进行，尽管他并不喜欢像消灭亚哈那样消灭这两位太太。我们很快就找到了藏身点，以便监控华盛顿街上的马什老宅。这里的街道上植被茂盛，到处都是阴影，以及方便躲藏的角落。那座房子安静地被黑暗笼罩着，唯独二楼有个房间里亮着微光，但快到九点的时候，有一束光开始向楼下移动。

费兰低声说道："她们要出来了。"

他说的不错，没过多久，就见那辆窗帘紧闭的黑色轿车开到大门口，两位马什女士披着厚重的面纱走了出来，上车后扬长而去。

费兰半秒钟都没有浪费，我们立刻穿过马路，走进马什家的领地。他打开自己的手提箱，我发现里面装着大量小小的五角星石。"把这些石头围绕房子摆上一圈，"费兰和我说道，"尤其是在门窗所在的位置。切记，行动要快，还不能打草惊蛇，因为如果这个护身符圈有缺口，亚哈可能就会逃跑，但他无论如何都没法跨过这些石头。"我立刻听从了费兰的指令，与他分头行动。很快，我们就在另一侧相遇了。黑暗中弥漫着一种不祥的气息，两位马什太太随时都可能回来，尽管我们蹑手蹑脚的，但亚哈·马什随时都可能发现院子里的情况。

"很快就结束了，"费兰说道，"一会儿不管发生什么，保持镇定，不要惊慌。"

费兰再次绕去了房子后侧，几分钟，他回到了入口处我所藏身的树荫下。他片刻也不耽搁，又走到大门前忙活了一阵。当费兰撤离的时候，我注意到门的一角燃起了一簇火焰——他把这座房子给点燃了！

费兰回到我的身边，面无表情地盯着屋子里唯一亮着的那个窗口。"只有火焰才能消灭它们。"费兰说道，"亚伯，你记好了，你可能会再次遇到这些东西。"

"我们是不是应该走了？"

"再等等，"费兰沉声说道，"我们必须确认亚哈死了。"

烈焰很快吞没了古老的木头建筑，它蔓延到后院，附近的树木也烧了起来。现在，人们随时都可能发现这场大火，随时都可能喊来印斯茅斯消防站那些破破烂烂的灭火车。不过，在这点上，我们还算幸运，因为印斯茅斯人大多对亚哈·马什生活、工作的地方避之唯恐不及。在尊敬的同时，他们也很害怕亚哈·马什，就像他们的祖先那样，敬畏着这个被诅咒的家族——他们与海底的生物交易，还给这个海港小镇带来了畸形，在世世代代的子孙身上烙下印记。

突然，那扇亮着的窗户被用力推开，亚哈探出了脑袋。他的身影只在窗前出现了一瞬，立刻又不见了。亚哈顾不上关窗，给火焰留下了一条烧进去的通道。

费兰急切地说："就是现在！"

屋子的正门被重重推开，亚哈·马什腾空跃起，跨过一簇火焰，但他不能再往前了。亚哈尝试着往下走，但只走了一步，就好像被一种无形的力量击中，他的双手往上抛起，连连后退，喉咙里发出一声痛苦的尖叫。开门后，风吹了进去，他身后的火舌瞬间攀升，越烧越烈。亚哈所在的地方，温度应该已经很高了——接下来发生的一切，永远刻进了我的脑海里。

当亚哈站在那里时，他的衣服开始在烈焰中化作碎片，先是那双奇怪的连指手套，然后是头顶黑色的无檐便帽，最后是他身上的衣服，这一切发生得如此迅速，好像他的整个身体从衣服里爆裂出来一样。我眼前出现的那个东西，显然并非人类，而是一种人类与两栖动物、鱼类杂交后的畸形生物！它的掌心是一团巨大的肉垫，手指之间是青蛙一样的蹼，全身长满鳞片与触角，泛着一股寒冷的水光，蜡做的"人类耳朵"在火焰中熔化，露出脖子两侧的鱼鳃——这具身体一直披着人类的外衣作为伪装，但现在衣物都消失了，包括那一套为了把他塞进人类服装的亚麻束身衣——它露出了自己原本的面目，那是一种人类从未见过的、来自地球阴暗角落的怪物。屋子外围，那些五角星石首尾相连，而它畏惧这股力量，宁可选择退进烈焰之中，嘴里爆发出一阵痛苦的、野兽般的呜咽声，和我之前在海边听到的一模一样！

难怪亚哈·马什能从海边一口气游到恶魔礁！难怪他会把活人献祭给深海底下的那些生物！因为，这个自称为"亚哈·马什"的东西，压根儿就不是马什家的一员，它甚至都不是人类！印斯茅斯人盲目追随的这个假亚哈·马什，其实是深潜者中的一员，它来自海底城市伊哈－恩斯雷，听从克苏鲁仆从们的指示，来完成奥贝德·马什尚未完成的工作！

我觉得自己仿佛在做梦，直到安德鲁·费兰拍了拍我的胳膊，我才连忙转身，跟着他跑向那条荫蔽的小路。小路尽头，两位马什太太又乘坐着那辆窗帘紧闭的车回来了。我们与夜色融为一体，迅速逃离火灾现场。没必要再回吉尔曼家了，因为我们已经在屋内留下了旅费，也没什么重要的私人物品。我们直接去了火车站，沿着铁轨离开了这个避之唯恐不及的小镇。

在跑出去一英里后，我们才再次回头看去。那场大火似乎从马什家的老房子蔓延开来，天际都被染红了。不过，还有更糟的事情发生了——费兰沉默地指向大海方向，只见在遥远的海平线上，闪烁着一种诡异的绿光，我又迅速扭头看向印斯茅斯，只见城里某处建筑顶端，也有光亮一闪一闪的。我都不用猜，那里一定是吉尔曼家的圆屋顶。

随后，安德鲁·费兰握住了我的手："再见，亚伯。我们得分头行动了，你要牢记我之前说的一切。"

我喊道："但它们会找到你的！"

费兰只是摇头："你沿着铁轨走，别浪费时间。不要担心我。"

我只能听从他的命令，因为我知道，眼下浪费的每一秒钟，都可能是致命的。

可我还没跑出去多远，就听到身后传来一声奇怪的、不像是地球上的哨声，紧接着是安德鲁·费兰对着天空中气十足地大喊：

"Iä! lä! Hastur! Hastur cf'ayak' vulgtmm,vugtlagln,vulgtmm! Ai! Ai! Hastur!"

我下意识地回过头。

被烈焰染红的天空中，只见一个巨大的、长着蝙蝠翅膀的剪影掠过长空，落进黑暗之中——是拜亚基！很快，它又再次展翅，而这次，那对翅膀之间仿佛多了什么，可很快，它们一起消失了。

我又冒着危险跑了回去，发现安德鲁·费兰不见了。

五

这些事已经过去快半个月了。

我再也没回过神学院，一直在密斯卡托尼克大学图书馆里。在这里，我了解到了很多——非常多——安德鲁·费兰不愿意告诉我的事。现在，我总算是明白了在那被诅咒的印斯茅斯，以及地球其他遥远而隐秘的角落，到底都发生了什么——这世间本就是一个正义与邪恶对抗的战场。

两个晚上前，我第一次注意到自己被人跟踪了。当时，我在往阿卡姆镇逃命时，撕毁了费兰给我的"印斯茅斯人"化妆道具，直接扔在了路上。或许，我不应该这么做，那些人可能发现了我扔的东西。或许，发现这些东西的并非印斯茅斯人，而是在海里回应吉尔曼家信号的生物。

不过，我能确定，两天前那个跟踪者是一个印斯茅斯人，那蛤蟆似的面部特征很难被认错。我随身携带着五角星石，因此，他不足为惧。

但昨晚，来了一些别的东西！

昨晚，我听到地底下好像有什么东西在向我走来！那是一种沉重而拖沓的脚步声，正沿着地下河道缓慢前行。我瞬间就回想起费兰和我说的——"那种东西出现的时候，你自然就能感受到"——没错，我现在就感受到了！

我迅速把这些事都记录下来。我会把它送去密斯卡托尼克大学图书馆，把它和什鲁斯伯里教授的论文，以及安德鲁·费兰第一次前往塞拉伊诺前留下的《费兰手稿》放在一起。现在,夜已经深了,但我很明确自己身边有东西。整座城市里弥漫着一股不正常的寂静,我听到地底深处传来了可怕的吮吸声。在东边的地平线上,金牛座的星团与塞拉伊诺冉冉升起。我吞下由什鲁斯伯里教授的蜂蜜酒所提炼的金色蜜丸,随时准备着——哨子就在我手上,我还记得召唤的咒语——服下蜜丸后,我的感知力会大大增强,一旦我确定了那些追兵的身份,我就知道该怎么做。

即使是现在,我也能感受到体内涌动的变化。房间的四壁好像不见了,街道也消失了,我仿佛看到了一片雾气,而在那片像水一般浓稠的雾气里,出现了一个东西,它好像一只长着无数触手的巨蛙,好像……

哦!这是什么恐怖的东西!

"Iä! Iä! Hastur!……"

萨拉彭科深处的峡谷

The Gorge Beyond Salapunco

（1946年）

《萨拉彭科深处的峡谷》导读

1.《萨拉彭科深处的峡谷》写于 1946 年 6 月,于 1949 年 3 月首次发表于《诡丽幻谭》。

2.在这篇小说中,德雷斯首次将旧神的称呼确定为"Elder Gods""Elder Ones",将旧日支配者的称呼确定为"Old Ones""Great Old Ones"以及"Ancient Ones"。在这之前一直是模糊的。从此以后,这些名词就作为旧日支配者的称谓被固定下来,并被坎贝尔等作家继承使用。

3.一开始,这篇小说的受欢迎度不高。德雷斯也称对这篇小说不满意,他在给记者的信中称,自己认为这是一次非常糟糕的写作。毕竟写一个完整的故事本来就很难,所以本篇也可以作为小说两部分之间的过渡。S·T.乔西认为这是"对《克苏鲁的呼唤》的重述",而研究德雷斯的专家约翰·D.海菲乐则称其"低于平均水平"。《诡丽幻谭》在 1946 年 7 月拒稿,三年后才同意出版。

4.德雷斯在这篇小说中首次提到了《苏塞克斯手稿》,之后便广为人知。

克莱伯恩·伯伊德的手稿现收藏于布宜诺斯艾利斯大学图书馆，总共分为三卷。前两卷是在克莱伯恩·伯伊德于秘鲁利马一家酒店里的遗物中发现的，而最后一卷，则是由利马的维伯托·安德罗斯教授所收到的信件、文章汇总而成。经管理人员长时间讨论，该手稿得以限量出版。

一

在已知的宇宙知识面前，人类大脑关联、吸收信息的能力十分有限，更别提探知宇宙中那些未知的奥秘了。不得不说，此乃人类之幸。在这个世界上，存在着一些深不可测的恐怖，它不仅盘踞于那些奇怪而偏远的地方，也可能就藏于某次平凡的日落之后，或者，某个普通的角落——而幸运的是，除了极少数人，芸芸众生对此无知无觉——他们无法感知到那些藏于时空缝隙里的令人难以理解的怪物。

不到一年前，我还在怡然自得地研究克里奥尔文化。那时，我住在新奥尔良市，偶尔会前往密西西比河三角洲的河口县，那里离我出生的小镇不远。在研究进行了大约三个月后，我收到了舅姥爷阿萨夫·吉尔曼的死讯，同时，他在遗嘱里明确表示——我作为他活着的亲戚里"唯一的学生"，会收到一份遗产。

我的舅姥爷多年来在哈佛担任核物理教授，因年龄而退休后，他又去阿卡姆镇的密斯卡托尼克大学短暂任教。舅老爷从最后一个岗位离职后，又回到自己位于波士顿郊区的房子，开始以一种几乎是隐居的方式安度晚年。我是说"几乎"，因为他时不时会去一些偏僻地区，进行一些奇怪的秘密旅行。比如，当他在伦敦莱姆豪斯某处脏乱的街区闲逛时，意外死于一场码头暴乱。据说一群暴徒从船上冲了出来，暴乱发生得突然，结束得也很突然，我舅姥爷在暴乱中不幸身亡。

我时常会收到舅姥爷的来信，字迹张牙舞爪，邮戳来自世界各地，比如阿拉斯加的诺姆、加罗林群岛的波纳佩岛、新加坡、开罗、特兰西瓦尼亚的克雷戈伊瓦卡尔、维也纳等等。在我刚开始研究克里奥尔文化的时候，我曾收到一张来自巴黎的神秘明信片，其正面是精美的国家博物馆蚀刻，而反面则是一条来自我舅姥爷阿萨夫的指令："如果你在研究过程中，发现任何异类信仰，无论是古代的还是现代的，请尽早将材料打包寄给我，十分感谢。"当然，我在研究克里奥尔人的信仰时，并没发现符合他要求的案例。因此，我从来没给他那个位于伦敦的地址寄过任何东西。事实上，我压根儿还没打算给他写信，就先收到了他的死讯。

两个星期后，我舅姥爷的遗物被寄了过来——根据这两个扁皮箱的重量看，里面一定被塞得满满当当。遗物刚寄到的时候，我正忙着消化克里奥尔文化中基本的民俗风情，以至于我一个多月后才想起，或许自己应该打开箱子看看，最起码应该粗略地扫一眼里面都有些什么。当我终于打开箱子后，发现里面的东西可以直接分成两部分——一部分是外形奇异的、来自世界各地的文物收藏品；而另一部分则是笔记，有些是打印的，有些是我舅姥爷张牙舞爪的亲笔，还有一些则是剪报与信件。

显然，文物是最适合仔细研究的，我立刻就被它们吸引了。经过大约四小时的整理，我得出结论——我舅姥爷努力收集来的这些东西代表了一种奇怪的创作过程。我对古文明物质遗存的了解相对有限，不过，舅姥爷在大部分文物背后或底部贴了相应的注释——除了一目了然的那些，比如常见的波西尼亚面具。

我认为，将这些文物分类的过程本身就很有趣。收藏品里总共有约两百七十七件文物，其中有两三件可能破碎了，我清点时，把碎裂的算成了两件而非一件。在这些文物中，大概有二十五件来自美国印第安文明，二十五件来自加拿大印第安文明与因纽特文明；有零星几件来自玛雅文明，二十多件来自古埃及文明；大约有一百多件来自非洲腹地，四十多件来自东方文明。剩下的所有——也就是说大多数，则是来自南太平洋区域——波利尼西亚、密克罗尼西亚、美拉尼西亚以及澳大利亚。最后，还有六件文物，我无法明确其来源。

这些物品都不太寻常，尽管外表设计大相径庭，但它们之间似乎又存在着某种关联，仿佛无论是哪个种族、哪个文明，在其古老的艺术品中，都隐晦地表达了同一种文明进程。比如说，南太平洋岛屿的石像上那些狰狞的纹路，与加拿大印第安人恐怖的图腾之间存在着一些本质上的相似之处。根据文物上贴的注释，我舅姥爷显然意识到了这些奇异的关联，但令人失望的是，我舅姥爷未能在此基础上提出任何明确的论点。

毫无疑问，舅姥爷在南太平洋所发现的那些文物上倾注了最多的心血，我一眼就能看出，这些并非典型的面具类型，但舅姥爷的注释语焉不详，直到日后发生了一些事，我才理解了他所注释的内容，以及这些"艺术"到底在表达什么。在南太平洋发现的这些文物中，有几件吸引了我的注意力。根据我注意到它们的顺序，将它们列出，并附上我舅姥爷在文物上所贴的注释：

（1）头为鸟类的人物立像：发现于新几内亚塞皮克河；据说还存在鸟头人身的立像，但十分隐秘；未收集。

（2）一块塔帕布[9]，棕色底上有一颗深绿色的五角星图案：发现于汤加群岛，为该区域内最早的五角星图案；无其他关联；当地人无法解释其设计，只说它十分古老；显然当地无人接触过此事，因为它已经失去了意义。

（3）渔神像：发现于库克群岛；非传统渔民崇拜；无脖子，躯干畸形，四肢为触角；在当地没有名字。

（4）石质提基神像[10]：发现于马克萨斯群岛；人身，头似两栖动物，真是令人兴奋的发现；手、脚指间好像有蹼；当地人并不崇拜它，但提到它时会感到害怕。

（5）迷你神像头部：发现于波纳佩岛；典型的复活节岛风格；拉诺·拉拉库[11]外坡上巨石像的迷你版；当地人称其为"远古神祇"。

（6）雕花门楣：发现于新西兰毛利人部落；做工精良；正中雕刻了一个八爪生物，但并非章鱼，而是鱼、青蛙、章鱼与人类的奇异混合体。

（7）雕花门框：发现于新喀里多尼亚；五角星图案再次出现！

---

9 | 波利尼西亚群岛上的树皮布。——译者注
10 | 波利尼西亚人的始祖。——译者注
11 | 复活节岛上的一处山。——译者注

（8）先祖雕像：发现于新赫布里底群岛的安布里姆岛；雕刻在桫椤之上；半人、半两栖动物；如果这真是当地先祖，那它显然与波纳佩岛与印斯茅斯有关；文物的主人听到"克苏鲁"一词会感到恐惧，但他不知道为何恐惧。

（9）"大胡子"面具：发现于安布里姆岛；令人振奋的"触须"暗示，这些胡子可能并非毛发，而是触须；在加罗林群岛、新几内亚的塞皮克河流域以及马克萨斯群岛也有类似的物品；在新加坡码头商店里见过一个一模一样的面具，为非卖品！

（10）木质雕像：发现于塞皮克河流域；注意，（a）鼻部——一根触须扭曲着垂落，抵达雕像腰部；（b）下颌部——另外一根触须扭曲着垂落，从肚脐处进入躯干；头部离奇得大，与身体比例失调；是以活物为模型的吗？

（11）战盾：发现于澳大利亚昆士兰州；迷宫设计；很明显，（a）这是水下迷宫；（b）迷宫尽头有一个蹲着的类人形形象；它长有触须？

（12）贝壳吊坠；发现于巴布亚新几内亚；详见上述。

显然，我舅姥爷在这些文物中发现了一种明确的共性，但我们还不能确定这种共性是源于远古文明艺术必经的发展之路，还是同一种存在所衍生出的不同表达。不过，我猜是后者。因为，在那些来源不明的文物中，我在其中两件上发现了舅姥爷十分明显的暗示。一件是一枚粗糙的灰色五角星石，制作材料不明；另一件则是一个七英寸长，制作精良的石像，其形态十分恐怖，仿佛是噩梦照进现实的产物。显然，它代表着一种古老的怪物，更确切地说，是当地人心中的怪物。

倘若这种怪物曾在地球上存在过，哪怕是其原型，显然也早已灭绝。这怪物有着人类的轮廓，但脑袋呈八爪形态。它的面部由一团触手纠结而成，身体看似柔软而有弹性，全身覆盖着鳞片。它的爪子巨大，与身体比例失调，背后还有一对蝙蝠似的翅膀。这座蹲着的石像身体臃肿，面目狰狞，仿佛带着一股不可抗拒的力量——那是一种极具生命力、令人过目不忘的邪恶印象——并非人类常理中的邪恶，而是一种让灵魂震颤的、远比普通人所理解的邪恶更为恐怖的存在。石像上的章鱼脑袋微微前倾，下蹲的姿态使它看起来随时可能一跃而起，向人扑来，让它显得更为吓人。在这座石像的底部，我舅姥爷只贴了一条注释："克——？还是什么？"比其他注释更令人疑惑。正如我之前所言，我对这种古文明艺术的了解相对有限，但我非常确定，这种艺术形态在我熟识的文化领域中从未出现过，这也让我舅姥爷的研究显得更为神秘。

我完全不清楚这座石像来自哪里，来自什么文化。我搜寻到最后，一无所获，唯一的线索就是我舅姥爷在底部贴的那个奇怪问句。这座石像看起来给人一种年代久远、无法估量的感觉。它的材质是一种黑绿色的石头，夹杂着斑斓的条纹，在光线下闪着细碎的光。在我所了解的地质学原理中，没有一种能解释这类岩石的成因。此外，这座石像的底部还刻有一些文字。起初，我误以为这是雕刻时留下的痕迹，但经过仔细检验，我发现这并非无序而随机的划痕，而是精心篆刻上去的。事实上，它是某种象形文字，或者说，它来自某种陌生的语言。正如这座石像的艺术形态一般，这种语言与世界上现有的语言不存在任何关联。

你或许不会感到惊讶——我很快就将对克里奥尔文化的研究搁置一

旁，埋头研究起了我舅姥爷写的论文。尽管我舅姥爷一直神神秘秘的，但很明显，我意识到他在追寻某种东西。根据舅姥爷留下的一些信息，比如，他曾在明信片里向我询问克里奥尔人的信仰；再比如，他收藏的这些文物——这一切都表明，我舅姥爷所追寻的东西很有可能与某种远古的信仰有关。这种信仰可以追溯到几个世纪之前，在现代大都市里，这种信仰早已销声匿迹，只有在世界那些隐秘的角落，才能发现其传承的蛛丝马迹。

继承舅姥爷的研究这件事，下决心容易，做起来却难，因为他的论文压根儿就没有任何顺序或年表。你别看那些论文排列得十分整齐，但它们压根儿就不是按照阅读顺序排列的！我花了很多工夫，才将它们做好了基础分类，然后，我花了更多的时间，终于建立起了某种顺序——尽管我也不确定这顺序是否正确。无论如何，即便顺序有误，我感觉也不至于错得离谱，因为舅姥爷的旅行笔记有日期可循，我可以追溯他什么时候去了什么地方，并以此为序。同样，我可以以此推断他四处旅行的动机，毕竟，根据他早些年的生活习惯，他不像是一个会喜欢在晚年乱跑的人。

一路研究下来，我认为舅姥爷是在密斯卡托尼克大学教书的那两年，经历或是听说了一些什么事，才让他走上了这条道路。他最早的一次旅行，应该是因为一份手稿，而这份手稿的作者，显然是一位正在海上漂泊逃生的人。我不知道舅姥爷是怎么搞到这份手稿的，但我认为，正是与手稿附在一块儿的这份新闻剪报让他踏上了旅程。剪报的内容则是对漂流瓶中发现的手稿做的简要说明，其标题为《"H.M.S. 倡议者"号沉船之谜真相大白》，内容如下：

新西兰，奥克兰，12月17日消息：去年8月，"H.M.S.倡议者"号沉没，成为悬案。而如今，阿利斯泰尔·格林比大副亲笔写的手稿揭示了这一未解之谜。手稿藏于一个漂流瓶中，在新西兰海岸不远处被渔民捡到。尽管手稿中存在大量的胡言乱语——或许是长久的海上漂流所致，但有关"倡议者"号沉没的原因十分清晰。去年8月中旬，"倡议者"号在离开新加坡后，被卷入了由千岛群岛南下的海上风暴。当时，它位于南纬47°53′、西经127°37′。在遭遇风暴后的第十小时，"倡议者"号的船组人员被迫弃船，而当时风暴仍在肆虐。接下来，船员们只能任由大海宰割。如果格林比大副的记录为真，那么，他们在前往吉尔伯特群岛或马里亚纳群岛的某个岛屿途中遭遇了凶残的海盗，大批的风暴幸存者被杀死。然而，当地的向导指出，格林比大副所描述的岛屿并不存在，因此，他更倾向于格林比弃船后的故事为杜撰。

而格林比大副是亲笔将其写在几页袖珍笔记本上的，用别针订在了一起。尽管有好几页，但格林比的手很抖，导致每一页上都没写多少字。不过，格林比当时深受海上漂泊的折磨，大概率认为自己一定会死在海上，考虑到这些因素，他的手稿已经算是很长了：

　　我是"H.M.S.倡议者"号上幸存的最后一名船员。我们的船于今年8月17日离开新加坡港，21日，我们在南纬47°53′、西经127°37′的位置遭遇了一场从北方刮来的风暴，风力十分强劲。兰

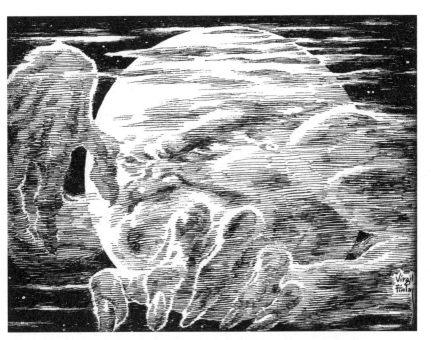

维吉尔·芬莱为德雷斯作品所绘插画

德尔船长命令所有船员登上甲板，每个人都尽了全力，但"倡议者"号这样的船仍旧无法抵御这场风暴。遭遇风暴后的第十个小时，水手们刚开始轮第六班，船长便下令弃船。船体的沉速太快，左舷不知被什么东西撕裂了，再抢修也于事无补。于是，我们乘坐两艘逃生艇离开了。我负责驾驶第一艘逃生艇，而船长负责殿后。撤离时，五名船员失联。我从未见过如此高的海浪，而等"倡议者"号沉没后，海况更糟了。

两艘逃生艇在夜晚走散了，但第二天又顺利碰头。如果精打细算，我们的补给足够支撑一周。当时，我们一致认为，逃生艇正位于加罗林群岛和阿德默勒尔蒂群岛[12]之间，离后者与新几内亚更近一点。因此，我们在滔天大浪中，努力往新几内亚的方向进发。在海上漂泊的第二天，布莱克突然歇斯底里起来，闹了些事，不幸导致指南针丢失。两艘船就只有这么一枚指南针，所以这件事的后果很严重。但无论如何，我们凭着自己的印象，保持笔直的航线驶向目标方向，就看阿德默勒尔蒂群岛和新几内亚谁先出现了。然而，当晚入夜后，我们根据星星的定位，发现航线西偏了。又过了一天，我们依然没能回到正轨，甚至偏得更厉害了。尽管我们修正了航向，但我们无法确定这个方向是否正确，因为那晚多云，除了南十字星与老人星偶尔闪着微光，其他星星都被云遮住了。

这几天里，我们又失去了四位船员。西登斯、哈克、彼得森和怀尔斯都失去了理智。在海上漂流的第四天晚上，正在守夜的休伊特大喊着叫醒了我们所有人。我们一醒来，就听到了让休伊特如此

---

12 位于西南太平洋俾斯麦海。——译者注

失态的声音——恐怖的尖叫声——应该是从兰德尔船长那艘逃生艇的方向传来的。然而，几分钟后，一切又归于沉寂。我们大喊着，试图与他们联络，但无人回应。如果刚才那个尖叫是有人在发疯，那我们现在应该听到那艘船的答复了。然而，那边什么声音都没有。很快，我们便不再尝试，决定等天亮再说。毕竟，我们的耳畔还回荡着那些撕心裂肺的尖叫声——黑夜多少令人有些恐慌。

太阳升起来后，我们开始寻找另一艘船。不一会儿，我们就看到了那艘船，船没事，但船上一个人都看不到。我想，或许还有些人躺在船里，便下令掉头，往那艘船的方向驶去。可当我们靠近时，我却发现，除了船长的帽子静静地放在船里，半个人影都没有。我仔细检查了那艘船，唯一的发现是船舷上缘外侧似乎黏糊糊的，就好像有什么东西从海里冒头后，抓着船舷进来过一样。我想象不出那会是什么。

我们什么都没做，立刻远离了那艘船，什么都没拿。我们的体力不足，携带得更重对我们完全没有好处。我们依然不知道在往哪里航行，但我们依然认为，我们在阿德默勒尔蒂群岛附近。太阳升起四小时后，亚当突然伸手指向前方，大喊着："陆地！"我们连忙向那个方向驶去，但这片陆地比它看起来更远，直到傍晚，我们才看清楚——

那是一座岛屿，但我从来没见过这样的岛屿。它大约一英里长，岛上没有任何植被，岛中央有一根巨大的黑色石柱矗立在那里，海边似乎还堆砌着一些砖石构造物。我从雅各布森那里拿过望远镜眺望。尽管乌云密布，太阳即将落下，但我依然看得分明——这个岛屿不对劲！即便是岛上高地，看起来也覆满了淤泥，那些建筑看着也很奇怪。我想，应该是高温和缺水使我不太清醒，但我还是决定，第二天再登陆。

我们最后也没能上岸。

那天晚上，理查德森值班到午夜就坚持不下去了，我们换了皮特里和西蒙兹轮班。我安排了两个人，以防有人睡着。白天，我们为了尽快抵达岛屿都拼劲了全力，但口粮不够，我们又都太累，一躺下就有些不省人事。然而，我们没睡多久，就被西蒙兹大喊着叫醒了。我迅速起身，来到他的身边。

只见西蒙兹瞠目结舌地坐在船边，仿佛已经被吓傻了。他结结巴巴地开口，说皮特里不见了，从海里冒出了个什么东西把他带走了。西蒙兹只来得及说上这么一句话，因为在下一秒，那些东西就像恶魔一般在海里出现，从四面八方涌向我们，把我们彻底包围了！

我们像疯了一样反击。我感到有什么东西在拉扯着我——那是一条覆满鳞片的胳膊，我发誓，那玩意儿的指缝间长着蹼！我看到了对方的脸，它长着鱼鳃，通体黏腻，好像是某种人类与蛤蟆的杂交物种！

那是我所记得的那天晚上的最后一刻。随后，我被什么东西狠狠抽了一下，大脑随即一片空白。我想，抽我的人可能是可怜的杰德·兰伯特，他吓坏了，把我误认成了海里来袭的怪物。我直挺挺地倒了下去，陷入昏迷，或许是这件事救了我——那些东西以为我死了。

等我醒来的时候，已经是第二天白天了。那个岛屿消失于视野，我应该已经离它很远了。我又在海上漂了一天一夜，直到今早，我把这一切记录下来，塞进了一个瓶子。如果我没能上岸，如果我最终未能获救，我希望能有人看到这些消息，来替兰德尔船长、我以及我们的船员复仇——很显然，那天晚上，袭击船长那艘逃生艇的也是这些从海底地狱里爬出来的怪物。

阿利斯泰尔·格林比

H.M.S. 倡议者号大副

　　我不知道奥克兰政府如何看待格林比的这份笔记，但显然，我舅姥爷很重视这件事，因为，根据时间顺序来看，他还收集了大量类似的报道——关于人的离奇失踪，没有被解释的神秘事件，以及各种奇怪的、无法用常理解释的遭遇。这种故事被印刷在成千上万份的报纸上，但大部分人对这种故事的研究浅尝辄止。

　　这种报道一般都很简短，对于大多数编辑来说，它们都是拿来"凑版面"的。显然，我舅姥爷意识到，如果格林比的故事都能被如此草率地打发，那么，其他类似的故事就更不用说了。翻阅完我舅姥爷精心收集的剪报，我意识到这些故事就只有一个共同特点——那就是诡异至极——除此之外，我没能找到任何明显的相似之处。在他收集的剪报里，有几件当地人比较关心的事，因此获得了更长的篇幅进行报道，具体如下：

　　第一份剪报详尽地记录了什鲁斯伯里教授在马萨诸塞州阿卡姆镇失踪的相关事件。同时，我舅姥爷还附了一些模糊的照片，照片内容为失踪的教授曾撰写的书，题目是《以〈拉莱耶文本〉为基础论现代原始人的神话结构》。我在此摘录几段。

　　克苏鲁起源于海洋，这点毫无争议。毕竟，无论是与克苏鲁直接相关的传说或物质遗存，还是那些关于他的信徒的故事，最后总是直接或间接地与海洋有关。我不确定亚特兰蒂斯是否真的存在，但亚特兰蒂斯与克苏鲁之间存在着某种表面的相似性，我们不能不调查就否定其存在。通过在世界地图上画同心圆，我们可以发现，克苏鲁的相关活动分别围绕八个中心展开：

　　　　（1）南太平洋区域：中心位于波纳佩岛或加罗林群岛附近；
　　　　（2）美国大西洋沿岸：中心位于马萨诸塞州的印斯茅斯附近；
　　　　（3）秘鲁地下河流域：中心位于印加古城遗址马丘比丘；
　　　　（4）北非及地中海区域：中心位于撒哈拉绿洲埃尔尼格罗附近；
　　　　（5）北加拿大及阿拉斯加区域：中心位于梅迪辛哈特北部；
　　　　（6）大西洋区域：中心位于亚速尔群岛；
　　　　（7）美国南部及中美洲群岛区域：中心位于墨西哥湾某处；
　　　　（8）亚洲西南区域：中心位于科威特某沙漠地带（？）的一处被掩埋的古城（或许是"千柱之城"埃雷姆）。

　　第二份剪报，是关于那场导致印斯茅斯部分城镇变为废墟的神秘事故，联邦政府探员留下了大量采访记录与调查笔记，但其内容似乎有所缺失。

　　第三份剪报，是一份报道了亨利·W.阿克利在其位于布拉特博罗山区的家里失踪的周报。报道里提到，阿克利消失时，人们在他家的椅子里发现了与他一模一样的手与脸，以及屋外泥地里有一串可怕的脚印。

第四份剪报，翻译自一份开罗报纸上刊登的长信，内容是摩洛哥海岸附近的人们疑似发现了海洋怪物。

我舅姥爷还收藏了不少更短一些的剪报，但那些剪报和这几封长的一样，涉及的内容不是离奇事件，就是在暗示某种神秘信仰的存在，比如：奇怪的风暴、无法解释的地震、警方突击信徒集会、各种尚未解决的悬案、不寻常的自然现象、从偏远角落探险回来的旅行者的故事等。我舅姥爷收集了几百份这样的报道。

除了这些剪报，舅姥爷的遗物里还有一些书籍——几本研究印加文明的书，两本关于复活节岛的书以及一些我完全看不懂的片段，它们摘自一些我闻所未闻的书籍，比如《塞拉伊诺断章》《纳克特抄本》《拉莱耶文本》《伊波恩之书》以及《苏塞克斯手稿》等。

最后压箱底的，是我舅姥爷的笔记。

不幸的是，这些笔记的内容简直和他精心收集的某些剪报一样晦涩难懂，不过，我还是能根据笔记内容推出一些结论。虽然我舅姥爷没有简明扼要地总结他的发现，但很显然，他的研究进展揭示了一些不争的事实。根据笔记的重点，我可以得出以下几点：

（1）我舅姥爷在追踪一个结构松散的组织，在这个信奉诸多神祇的组织里，他格外关注一个崇拜克苏鲁的核心团体。有时，这个"克苏鲁"也被记录为"喀苏鲁"或"克鲁鲁"。我舅姥爷收集的大部分文物都与这种克苏鲁崇拜有关。

（2）针对克苏鲁的崇拜非常古老，也非常邪恶。

（3）我舅姥爷认为，文物上雕刻的那个令人不适的图案是当地人心中的克苏鲁形象。

（4）我舅姥爷非常怀疑，剪报中出现的那些不幸事故都与克苏鲁或其相关的崇拜有关。

舅姥爷在笔记中明确指出，这些事件与克苏鲁崇拜之间存在关联，内容如下所示：

从一些"巧合"中，我不可避免地推出了一些可怕的结论。比如说，什鲁斯伯里教授在出版了关于神话结构的书后，一年内便失踪了。英国学者兰登·埃特里克爵士在《神秘学报告》上发表了一篇研究波纳佩岛鱼人像的论文，六周后，在一场离奇的意外中丧生。美国作家H.P.洛夫克拉夫特在他那篇奇怪的小说《印斯茅斯的阴影》出版一年后也去世了。在这些人中，似乎只有洛夫克拉夫特没有死于离奇事件。（注：经调查，H.P.洛夫克拉夫特似乎对寒冷过敏。同样，他对大海及大海相关的事物深恶痛绝，甚至看到海鲜都会产生生理性不适。）

我不可避免地得出结论——什鲁斯伯里和洛夫克拉夫特，或许还有埃特里克及其他人，其消失或死亡的原因是他们已经很接近克苏鲁的真相了。

★

　　请注意"埃尔尼格罗"这个绿洲的名字，它有着奇妙的隐喻。粗略地翻译过来，这个词的意思是"夜魔"。这不仅暗指"恶魔"，同样也可能是指任何黑暗中所诞生的东西。（注：并没有其他记录指向克苏鲁或其高级侍卫是从黑暗中出来的，除了洛夫克拉夫特那个关于约翰逊的故事。只有克苏鲁的低级仆从会在白天活动。）有没有可能，格林比和约翰逊所看到的岛屿是同一座呢？我觉得就是同一座。可是，这座岛屿究竟在哪里？它不在波纳佩岛附近，也不在昆士兰附近，地图上压根儿就没有记录。约翰逊与格林比都提到，那座岛屿在新几内亚与加罗林群岛之间，或许在阿德默勒尔蒂群岛以西。约翰逊还说，那座岛的位置并不固定，有时会沉到海底，有时又会浮出水面。如果真是这样，那格林比提到的"岛上建筑"又是怎么一回事呢？

　　身覆鳞片、长得像两栖动物一样的"人"——诸多事件里，都直接或间接地出现过这种形容。在阿卡姆镇，什鲁斯伯里教授失踪前有人见过；在伦敦，埃特里克死后有人见过；格林比描述的怪物则是"像是某种人类与蛤蟆的杂交物种"；洛夫克拉夫特的小说里到处都是这种生物。他还在印斯茅斯的故事里，揭示了为何克苏鲁这些长得像两栖动物的仆从对人类尸体不感兴趣，其原因令人不寒而栗，不过，格林比正是因此才有机会逃脱。

关于格林比的手稿，可以拿来与神秘失踪的"玛丽·赛勒斯特"号或其他船只的故事做比较。如果说，这种海洋生物能够登上"警戒"号（参考约翰逊的故事），那么，它们一定能登上更大的船。如果这个假设成立，那么诸多海上之谜，比如那些被弃置或是神秘消失的船只，就都有了一个异常恐怖的解释。注意：另一方面，我们必须记住，那些被困境折磨到"疯言疯语"的人所描述的可能是第一手证据！

在我舅姥爷的笔记里，还有大量类似的内容，以及其他以这些内容为基础、令人摸不着头脑的笔记。随着我舅姥爷的研究逐渐深入，我发现他的笔记愈发晦涩。比如，他激动地在一处标注着："传闻中旧日支配者所拥有的那种穿越时空的能力，难道就不受科学法则的约束吗？我的意思是，有没有可能存在某种把时间作为一种维度的东西，能让克苏鲁和其他旧日支配者完全受限于另一套法则，无论那套法则与我们已知的自然法则有多对立？"随后，我舅姥爷又写道："有没有一种可能，这些东西在原子层面解体后，能够跨时空再重组呢？如果时间只是一个维度，空间是另一个维度，那么这些反复被提起的'门'，一定是指维度中的缝隙。要不然，它还能是什么呢？"

在我舅姥爷出事前几个月的笔记里，最令人不安的部分终于初露端倪。在那段笔记中，我明显能感受到舅姥爷很紧张，因为他发现他所研究的这些团体并不仅仅存在于过去。他们延续至今，依然进行着邪恶的活动。我舅姥爷在笔记中记录了一些开放性的问题——他好像是在问自己——问自己一些他几乎无法相信的问题。

"如果我没看错的话，"我舅姥爷从特兰西瓦尼亚回来后，在一处写到，"和我一块儿旅行的人身上有明显的两栖动物特征，但他能讲一口流利的法语。也不知道他是从哪儿登上辛普伦东方快车的，我好不容易在加来才甩掉他。我是被跟踪了吗？如果我被跟踪了，他们是怎么发现我的？"别处也有类似的笔记："毫无疑问，我在仰光被跟踪了。这些跟踪者令人难以捉摸，但从一面玻璃窗上的倒影来看，应该不是深潜者。从外形上看，我觉得有点像丘丘人——很可能就是——毕竟他们的栖息地就在附近。"另外还有一则笔记："我在阿卡姆也被跟踪了，三个人，就在大学附近。现在唯一的问题是——他们到底怀疑我知道了多少内容？他们会等我把研究结果公开后再动手吗？就像什鲁斯伯里、沃尔德内和其他人一样？"

这些笔记中的暗示再明确不过——我舅姥爷在追查这个诡异而邪恶的团体途中，被他们发现了。这些疯狂的信徒想要抹杀他。我的直觉告诉我，舅姥爷在伦敦东区并非死于意外，而是一起精心策划的谋杀！

二

现在，我决心彻底放弃克里奥尔文化研究，重新拾起我舅姥爷阿萨夫·吉尔曼之前所做的研究。在我确定舅姥爷死于一场谋杀之后，我先前粗浅的兴趣变得异常浓厚。不过，当我试图去寻找这个犯罪凶手及其

鲍里斯·多尔戈夫为德雷斯作品所绘插画

所归属的团体时，却不知从何下手。我把舅姥爷留下的资料翻了个底朝天，也没能找到一个具体的地名或是一个可疑的人，以方便我切入案情。尽管我舅姥爷留下的论文与书籍里都存在着大量恐怖的暗示，但其内容并没有一个具体的焦点。从整体上来看，这些剪报、笔记更像是构建假设前的初步工作，我舅姥爷并没有来得及得出任何具体的结论。

万万没想到，最后，是我所做的一系列梦以及梦醒后所发生的事，解答了我的这些疑惑，以及让我了解了舅姥爷论文里之前看不懂的内容。这一系列梦境是从我决心接手舅姥爷没做完的研究以及调查他的谋杀那天晚上开始的。这些梦境异常生动，每一个都是完整的单元，完全不像普通梦境那样模糊、不连贯，令人难以置信。这些梦鲜活得根本不像是梦，而是一种自然无法解释的、五感上通灵的体验。每一个梦给我留下的印象都是如此深刻，迫使我把它们全部记录下来，以免遗忘任何细节。

以下是第一次梦境中的内容：

　　天上传来一阵缥缈的男声，他在喊我的名字："克莱伯恩，克莱伯恩·伯伊德！"我看到自己从梦中醒来，空中浮现出一个只到肩膀的半人像，这个老人披着一头花白的长发，胡子刮得很干净，嘴唇饱满，轮廓分明的下巴微微前凸。他长着鹰钩鼻，鼻子上架着一副把眼睛两侧也遮住了的奇怪墨镜。自从我醒来以后，他什么都没说，只是吩咐我"看着"。

　　随后，梦境中的画面开始变化，那老人则消失了。我、我的床以及我的房间也跟着消失了。取而代之的景象有一些眼熟——我正走在马萨诸塞州剑桥市的一条街道上。这里离大学城很远，住的都是行业精英。我来这里是为了见一个人。很快，我就看到了他。那是一个面容憔悴、身穿黑衣的高个男子，他围着围巾，戴着一副有色眼镜，走路姿势很奇怪。他看起来不像是本地人，但他很清楚自己要去哪里。他走进一栋大楼，直接去了 J&B 律师事务所。一进门，他便要求见犹大先生。等待片刻后，秘书带他走进了犹大先生的办公室。

犹大先生是一个鬓角灰白的中年人，他戴着一副夹鼻眼镜，穿着一套裁剪简洁的华达呢灰色西装。在梦中，我能听到他们的对话。

"下午好，史密斯先生。"犹大先生说道，"请问您找我有什么事吗？"

"先生，您就是已故的阿萨夫·吉尔曼的遗产代理人，对吗？"这个史密斯先生的嗓音非常奇怪，听起来扭曲而含糊不清，好像因口水分泌过多而存在某种发音缺陷。

犹大先生点了点头。

"作为吉尔曼先生生前的同行，我对他所从事的研究很感兴趣。一年前，我在维也纳认识了吉尔曼先生，听说他把研究进展全都记在了论文与手记里。除了兴趣相投的学者，不可能有任何人对这种文稿感兴趣。请问，我是否可以从您这里获得吉尔曼先生遗留的那些论文与手稿呢？"

犹大先生摇了摇头："史密斯先生，我很抱歉，吉尔曼先生特意叮嘱过，要把这些论文转交给他的继承人。"

"或许我可以从他的继承人那里购买这些文稿？"

"这就不归我们管了，史密斯先生。"

那人又问："那请问您能告诉我继承人的地址吗？"

犹大先生犹豫片刻，还是嘀咕了一句"这应该没什么问题"，随后，便把我的姓名与地址告诉了对方。

律师事务所的画面消失了，那个白发老人的脑袋再次出现。他叮嘱我要保存好这些文稿，把它们藏去一个安全的地方。随后，梦境结束了。

我当时想，这样的梦似乎不足为奇，毕竟我正在没日没夜地钻研舅姥爷那些奇怪的论文。不过，这个梦境的内容太过鲜活，直到第二天我依然对它念念不忘。最后，我忍不住给犹大先生打了一个长途电话，问他是否有人去找过我。

"亲爱的伯伊德先生，这可太巧了！"电话那头儿传来了犹大先生的声音，就连口音都与我梦中的一模一样，"刚好，昨天就有个人来我们这儿打听你——或者说，打听你舅姥爷留下来的那些论文——一个名叫'雅弗·史密斯'的先生。我们擅自把你的地址告诉了他。那人看起来脑子有点不太好使，但我想他并没有恶意。他好像是想买你舅姥爷的论文——最起码，他很想参阅一下。"

你能想象吗？我的梦境竟然在现实中得以验证，这是多么令人诧异！毫无疑问，这个"雅弗·史密斯先生"压根儿就不是什么同行学者，而是那些害死我舅姥爷的邪恶组织中的一员！如果真是这样，他一定会来新奥尔良市找我舅姥爷的论文。我该怎么办呢？即便我拒绝售卖，他也不会放弃，而是会换种途径达成目的。因此，我决定，我要尽快把舅姥爷的材料从家里搬出去，转移去一个隐秘的、不容易被史密斯及其同伙发现的地方。

于是，我花了一个下午把这些文本再次翻阅了一遍，其间，我在信封背面发现了两处奇怪的笔记。这两句话比其他内容更为意义不明，但似乎指向了同一个事物。第一条笔记，是舅姥爷在开罗时写的，内容是"安德拉达？显然不是！"。而第二条，是他在巴黎时写的，这是他在伦敦出事前的最后一站，笔记内容为"问安德罗斯关于'安德拉达'的事"。这两条笔记给我指明了一个可以追查的方向，但安德罗斯是谁？我上哪儿才能找到他？

我开始拼了命地寻找任何关于安德罗斯或是安德拉达的线索，但一无所获。不过，鉴于这两个名字都源自拉丁语，我推测这两个人应该都来自某个讲西班牙语或葡萄牙语的国家。不过，我舅姥爷在西班牙或葡萄牙待的时间短到可以忽略不计，因此，我认为他感兴趣的这些人，更有可能来自亚速尔群岛到南美洲那一带。我觉得南美洲的概率更大一点，因为他的手记里有大量线索指向他的下一个目的地在南美洲某处。

不过，我没有时间思考这个问题了，因为天快黑了，而我还有大量的打包工作要做。我得尽快将这些材料转移——不仅是因为那个被现实验证的梦，同时，我的直觉也在告诉我，眼下的每一秒钟都很珍贵。我已将舅姥爷手稿中的一些内容牢记于心，然后将他的书籍与论文仔细地进行二次打包。我飞速地整理完资料，在天黑前前往邮局，申请寄存九十天。我提前支付了所有费用，并留下指示——如果九十天内我没能回来取走这两大箱材料，就把它们寄去阿卡姆镇的密斯卡托尼克大学图书馆。除此之外，我还把所有收据经 J&B 律师事务所转收后邮寄给自己，还单独寄了一份九十天后包裹如何处理的声明。

当我回到公寓时，夜幕已经降临。也不知是不是心理作用，我感觉我所住的这幢楼外，好像有什么鬼鬼祟祟的人。显然，雅弗·史密斯不可能在这么短的时间内抵达新奥尔良市。我试图不再胡思乱想，神情严肃地走回公寓，心底却还是隐隐觉得，我可能会发现什么有人来过的蛛丝马迹。不过，什么都没有发生。

即使深受舅姥爷留下的那些笔记以及昨晚那个梦境的影响，我还是努力让自己露出一个短暂的微笑，因为我记得，如果我舅姥爷之前的猜测是正确的——这些狂热的克苏鲁崇拜者遍布全世界——那么，新奥尔良市很可能也有他们的同伙。这么说来，这个姓史密斯的人只需要给他们发个电报就行了！而且，我舅姥爷不是曾特意让我留心特殊信仰吗？他当时一定就是在暗指克苏鲁这一类的东西。

我熄了灯，走到窗前，隔着半透明的窗帘看向外面的街道。我所住的地方，是新奥尔良市最古老的一个街区，这里的建筑古典雅致，居民大多是艺术家、作家和学生，也有一些热爱古典乐或蓝调的音乐迷住在附近。因此，不管在什么时候，这条街上都很热闹。现在是晚上九点多，时间还早，街上人来人往，要从中寻找一个不属于这片街区的可疑人物并不容易。最后，我的目光落在一个人身上，但我不太确定——这个人不很显眼，但我认为他就是在观察我所住的楼，尤其是我这间房。他沿着街区一侧走来，又从另一侧折了回去，尽管他从未直接盯着房子，但他对大门的每一次开关都了如指掌。我对此确信无疑。这人走路时的步态也让我感到震惊，那是一种诡异的蹒跚，让我想起梦中雅弗·史密斯走路的姿态。更该死的是，我舅姥爷的资料里有好几篇都提到，克苏鲁那些长得像两栖动物的追随者们，步态都是如此奇怪。

我从窗前离开，心中犹如一团乱麻。在没有任何确切证据的情况下，我不能直接上街拦人，那家伙没准儿是一个正在追求灵感的诗人——这或许是最自然、最令人容易接受的解释。与此同时，我依然担心，可能会有人试图破门而入，这绝非杞人忧天。我坐在黑暗中，换位思考了良久。

如果我是对方，那么事情一定是这样的：史密斯给当地人发了消息，让对方来我家附近监视我。可是，那监视者过来的时候，我恰好去寄存资料了，于是，他选择待在附近，可能过段时间会与别人轮岗，直到史密斯本人抵达新奥尔良。我推测，这些狂热的克苏鲁信徒并不想制造公共事件，因为那样会招来更多人的好奇，从而让他们暴露自己。因此，我认为，除非史密斯发现自己别无他法，他们不会选择主动攻击。

无论如何，我还是在黑暗中等到了半夜，直到街道上没有了人，我在确定"监视者"已经消失不见了之后，才回去睡觉。

那天晚上，我做了第二个梦，它比第一个梦更令人震惊，尽管我在几天后才意识到这个梦的意义。鉴于我的第一个梦境在现实中得到了验证，我就像上次那样，完整而仔细地记录了第二个梦境：

这个梦的开头和之前一模一样。

那个戴墨镜的白发老人又出现了，这次他的身边笼罩着一片雾气。在背景里，我隐约能看到一些宏伟的建筑。我分不清这是屋内还是屋外，但在老人的脑袋与背景之间，有一张巨大的石桌。背景是一片奇异的砖石构造物——如果这是室内，那么这里应该是一处空旷的拱形石室，建筑顶部的穹棱消失于阴影中，边上有一扇巨大的圆形窗户以及一些石柱。与身边的石柱相比，老人的脑袋显得非常小。墙上的书架上摆着一些巨型书籍，书脊上可以看到一些象形文字。这些巨大的花岗岩块上，雕刻着模糊的花纹，它们以凸起插入凹槽的方式砌在一起。我看不到地板，也看不到老人胸以下的部分。

老人开口了，叮嘱我要仔细观察。

这一幕画面渐渐消失，我又看到了一条熟悉的街道。这次我一眼就认出来了，这里是密西西比州的纳奇兹市，在我来新奥尔良市研究克里奥尔文化之前，就是在那里买的研究资料。看起来，我正走在街上，但没人能注意到我的存在。我眼前出现了一个邮局，我进门之后，穿过大厅，走过几排包裹，进入了邮局内部。邮局负责人和他的助理正在那边工作，但依然没人注意到我。

紧接着，怪事发生了。邮局专门用来存放信件的那个架子消失了，而在架子后面，我发现了一封厚厚的信件。这信封上写着我的地址，从笔迹上看，是我舅姥爷的亲笔，上面还印着他出事前一天来自伦敦的邮戳。显然，我们都知道那天之后发生了什么。这封信，就像我舅姥爷从巴黎寄来的那张明信片一样，寄去了我在纳奇兹市的地址，然后被转寄到了这里——信封上，纳奇兹市的地址被划掉了，改成了新奥尔良市的地址——然而，也不知怎的，这封信滑进了这个角落，导致邮差们都没看到。

那个戴墨镜的老人再次开口。这次，他让我记住他所说的每一个字。

"伯伊德先生，"老人的语气友好但又有些急切，"你必须按照我所说的去行动。正如你所怀疑的那样，你的公寓被监视了。明天，史密斯先生就会给你打电话，但你并非必须去见他。明天，你得挑个好时候离开，并确保自己没被跟踪，且要做好再也不回来的准备。随后，你得前往纳奇兹市，去邮局找到那封信。这封信是你舅姥爷写的，内容非常清晰，如果你下定决心的话，可以根据信上的指令去做。千万保存好这封信，不要让它落入外人手中。"

随后，老人的声音消失了。

这个梦境是如此鲜活，以至我半点都没有怀疑它的真实性。当我从昏暗的房间中睁眼的那一刻起，我就决定了——我舅姥爷寄给我的最后一封信正躺在纳奇兹市某个邮局的角落，而我，在黎明之前，会遵循梦中导师的指点——前往纳奇兹市，找到舅姥爷的最后一封信，并按信中的指示完成任务。

尽管我抓心挠肝地想一见这个雅弗·史密斯，但我很清楚，一旦史密斯发现我并不打算把舅姥爷遗留的材料给他，再摆脱他的纠缠就会变得格外困难。我有些犹豫不决，但那天一大早，我还是甩掉了跟踪我的人。我确信自己当时被跟踪了，而且，那个跟踪者长得面目可憎——他的嘴很宽，眉毛粗短，没有眼睑，也几乎没长耳朵，皮肤泛着一种诡异的、类似皮革一般的质感。我在不同的建筑里来回穿梭，前门进，后门出，很快，这个经典方法就帮我成功甩掉了尾随者，最后抵达了纳奇兹市。

显然，我不能直接告诉邮局的人自己知道那封信掉在了哪里。因此，我只是说，我从新奥尔良远道而来，询问一封迟迟未曾收到的信件。在我恳切的请求下，对方终于答应去找找，最终，他们在我梦中的那个架子下找到了这封信。他们诧异地向我道歉，并把信交给了我。

至此，我已经不再猜测我到底是怎么梦到史密斯以及这封信的。显然，这些梦并非真的"梦境"，但我不知道，到底是一股什么力量让我获得了梦中的这些信息。

不过，眼下我无心猜测，而是迫不及待地拆开了信件。我迅速扫了一眼后，就意识到这封信对我舅姥爷所追查的东西至关重要。显然，他在写这封信的时候压力巨大，因为，他已经确定了那些跟踪者的身份，并对自己未来的噩运有所预判。或许是焦急的缘故，舅姥爷在信里所写的字体比平时更大：

亲爱的孩子，为了确保我最近这段时间的工作能取得成功，我不得不采取一些措施——即便在我死后。哦，是的，孩子，这些深潜者没日没夜地跟踪我，或许我很快就会死于一场意外。不久前，我将你定为了我的遗产继承人，无论你是否会按照我的方式继续研究，你都会收到我所有的研究资料，以及一笔用于研究的钱。现在，我得抓紧给你介绍一下这个研究的性质。

一段时间之前，确切地说，是我从哈佛退休之后，我无意间翻阅到一本很奇怪、很罕见的书——阿拉伯人阿卜杜·阿尔哈兹莱德的《死灵之书》——或许，这本书的内容你知道的越少越好。它记录了一种远古的信仰，以及其邪恶的追随者与相关仪式。这本书构建了一个完整的神话体系，乍一看和我们所熟悉的创世体系有类似之处，但我发现，它让我想起了记忆角落里的一些怪事——不过，我当时被这个体系深深吸引，很久以后才意识到这些微妙的关联。

这本书是几个世纪之前的作品，但我知道的一些事，恰好验证了这些说法。因此，我决定好好地研究一下——退休的老教授很容易产生这样的冲动。我当时真应该直接远离这本被诅咒的书，然后把它忘掉！

在研究过程中，我不仅发现了与这本书及其他古籍相关的可怕证据，我还发现，供奉这些远古邪神的信徒竟然存留至今，正如那位阿拉伯诗人所言——

那永世长眠的并非亡者，

在玄秘的万古之中，就连死亡也会消逝。

时间紧迫，我能解释的非常有限，直接相信我说的话即可。有确凿的证据表明，我们所在的地球和这个宇宙中乃至其他宇宙中的一些星球上，都曾经居住着一些并非由血肉之躯构成的生命，最起码，并非我们理解中的"血肉之躯"。它们由一种人类暂不了解的物质构成，被称之为"旧日支配者"。这些旧日支配者被善良的"旧神"从更古老的星星上驱逐。如今，在地球上一些隐蔽的角落里，我们依然能找到旧日支配者所留下的痕迹，比如复活节岛上的那些遗存。从人类的角度看，旧日支配者的野心极其邪恶。我没时间给你概述整个神话结构，你只需要知道以下信息：旧日支配者还没死，只是长眠于地底或是其他行星上，它们可能是被囚禁了，也可能是在躲避什么——我不确定，我更倾向于后者。传闻中，"当众星归位时"，也就是说，当星辰再次旋转到旧日支配者沉睡时的位置，它们便会再次醒来。它们在地球上的仆从已经扫清了障碍，来迎接它们的降临。

在这些旧日支配者中，最令人恐惧的是克苏鲁。根据我所收集到的证据，地球上各个角落都有与克苏鲁相关的崇拜——在遥远的北方，部分因纽特人崇拜一种全知全能的邪神——"托纳萨克"，你会发现其形象与浮雕中刻画的旧日支配者有着惊人的相似之处；在阿拉伯沙漠、埃及和摩洛哥，人们崇拜一种恐怖的海洋生物；哪怕就在我们自己的国家，在一些落后而古怪的地区，还有人信奉一些半人半蛤蟆的怪物——类似的证据数不胜数。我确信，在地球上，人们对哈斯塔、莎布·尼古拉丝以及犹格·索托斯的崇拜远远比不上克苏鲁。因此，我开始尽可能多地去寻找那些还崇拜克苏鲁的区域。

不得不说，我的研究最初源于一种客观的好奇。但很快，我就发现了一个恐怖的事实——这些克苏鲁的仆从正准备打开一些科学暂无法解释的时空之门，而对此，我们几乎束手无策——从此以后，我的动机不再客观，我开始有意识地寻找那些组织克苏鲁崇拜的领导者，我决定倾尽所能阻止他们的活动，哪怕亲手消灭那些领导者也在所不惜。

尽管我快知道那个人的身份了，但我依然还有很多工作要做。不知何故，我的行动被一种名为"深潜者"的东西发现了，当然，也有人叫它们"蛤蟆人"或者"鱼人"——管它们叫什么呢——总而言之，它们是克苏鲁亲近的仆从。我不确定它们是否知晓我的目的。我认为它们不可能知道，因为我从未与任何人说过。不过，它们的确在监视我——它们已经监视我几个月了——这让我预感自己或许已时日无多。

不过，让你知道更多的细节是没有好处的。

我想说的是，现在他们最活跃的地方是在秘鲁，在萨拉彭科堡垒遗迹后的印加古城里。如果你愿意继续我的研究，首先，你必须前往利马，联系那边大学里的维伯托·安德罗斯教授，告诉他是我让你去的——或者，你最好直接给他看这封信——然后问他关于"安德拉达"的事。

以上，除了我舅姥爷的亲笔签名之外，就是信件的全部内容。信的底下，他还附了一张粗糙的手绘地图，从地形上看，我完全认不出来这是哪里，也没找到任何相关的线索。

三

维伯托·安德罗斯教授是一个矮小瘦弱的男人，他有着一头柔顺的白发，一双乌黑的眼眸以及一张禁欲的脸。他肤色偏深，但算不上黝黑。教授认真地读完了我舅姥爷的信，丝毫不掩饰脸上的兴趣。最后，他放下信件，同情地摇了摇头，对我舅姥爷的死表达了哀悼。要不是这封信，教授还不曾听闻他的死讯。

"谢谢您，请允许我冒昧地提问一句——"尽管我内心对舅姥爷所言深信不疑，但我不得不开口，"在您看来，有没有可能是我舅姥爷的精神出了问题？"

教授谨慎地答道："我不认为他的精神有问题。"他耸了耸肩，补充道，"你说的这个'精神出了问题'，又如何定义呢？显然，不是由你我定义的。"

"你是因为这个……"说着，教授伸出手指弹了弹那封信，"以及他的论文，才这么问的吗？但正如你舅姥爷所记录的那样，恐怕这些事都是真的，尽管我不清楚它真实到什么程度，也不知道它和现实哪个更夸张。无论如何，还有很多其他人的想法和你的舅姥爷一致。这个世界上还存在着一些书籍、手稿、文档——尽管稀有，但它们被精心收藏于我们最好的图书馆里，鲜有人查阅。这些文稿都是真实存在的，许多来自不同地区、不同年代的人都记录下了类似的现象，我想，这肯定不是巧合吧？"

我也认为这并非巧合，随后，又问起了那个"安德拉达"。

教授挑眉："我不明白你舅姥爷为何执着于让你问这个。这和他能有什么关系？安德拉达神父是内陆印第安人中的传教士。他是一个很伟大的人，甚至可以说是一个圣人，但教会并不会这样称呼他——教会在这种事上总是很谨慎。你懂的，这是明智的选择，教会在这种与神相关的事上永远不能出错。安德拉达神父给这些印第安人做了好多年的传教工作，让当地数千人皈依。"

"出于某种原因，我舅姥爷似乎认为，您能够提供他所寻找的答案。"我小心翼翼地问，"请问我能见一见神父本人吗？他在利马吗？"

"我想，安德拉达神父一定愿意见你。不过，问题是怎么找到他。他平时都在最偏远的地区工作。你也知道，秘鲁是一个沿海国家，而内陆山地崎岖，哪怕是对当地的印加后裔来说，这路都不好走。"

在接下来的谈话中，我向教授进一步讨教了舅姥爷研究的那些神话结构，同时，我还忍不住问了教授，是否认识那个在我梦境中出现的导师。

我只是提了一嘴那副形状奇异的墨镜，安德罗斯教授就立刻点头笑了："谁不知道他呢？一个非常智慧的人。几年前，我在墨西哥城的一场学术会议上见过他，印象非常深刻。"

我问："所以，他是南美人？"

"恰恰相反，他和你一样都是美国人——拉班·什鲁斯伯里教授，来自马萨诸塞州阿卡姆镇。"

我忍不住低呼："这不可能！他已经死了！"

安德罗斯教授那双乌黑的眸子转向我，沉默地对视良久，才开口道："我对此持保留态度。我说了，他很智慧——不仅仅是因为他知识丰富。我想，他只是消失了。在此之前，他整整失踪过二十年，最后又回来了。这次，一场大火烧毁了他的房子，但在火灾后的废墟之中，警方没有发现尸体或尸块。我想，通过逻辑只能推出一个结论，那就是尚无证据证明他已死亡。"教授眯了眯眼，继续说道，"但你刚说不可能是他，我想你一定有自己的理由。怎么说呢？你最近见到他了？"

既然教授问得如此直白，我便向他简述了那两个梦境。教授听得极其投入，还时不时地点头。

"听起来没错，照你的描述，应该就是他了。"在我讲完后，教授开口，"我对你讲的那个背景很感兴趣，这真是太有趣了。古老的石室！你描述的那个空间太有意思了，听着不像是地球上的。"

我忍不住问道："可是这些梦——怎么用逻辑解释呢？"

教授疲惫地笑笑："哦，我的孩子，你又怎么能用逻辑来解释自我意识呢？你可别问我。"

我又拿出了舅姥爷随信所附的那张地图，沉默地在教授面前展开。

教授凝视良久，目光扫过那些因为匆匆落笔而很是粗糙的线条，仔细地研究起那些小方格、圆圈以及三角形——有的方格里画了叉，有的没有。最后，他把纤细的食指放在地图上，开始描画："这里是利马，这条路是通往山里的，从库斯科到马丘比丘，再到萨克塞华曼。这里是奥扬泰坦博，沿着维尔卡诺塔山脉……啊，这个标记一定是萨拉彭科。这条山路在这里就结束了。我想，这张地图的重点，应该就是这条山路通往的地方。"

我问道："那到底是什么地方？"

"大家都不太清楚，那儿几乎没有人住。很有趣啊，这地图！"教授沉吟片刻道，"现在那片区域的印第安人很不安分——毫无意义的不安分，但可能会构成某种危险。你舅姥爷不可能知道这些事。"

可是，直觉告诉我，我舅姥爷就是知道，但我不能这样说。另外，我确定自己来对地方了。

舅姥爷的研究引导他来到那里——世界范围内克苏鲁崇拜复苏潮的神秘源头。我必须想办法走进秘鲁内陆。

"请问我见到安德拉达神父的时候，怎么认出对方是他呢？"我问道。

安德罗斯教授给我看了一张旧照片。照片来自一张剪报，只见图上的男人神情肃穆，目光灼灼，全身上下都散发着一种严格而虔诚的气息。

教授提醒道："如果你想去马丘比丘后面的区域，你得注意点儿。你带武器了吗？"

我点点头。

"在库斯科之前，你不需要向导，"教授说道，"我希望你能随时与我沟通最新进展。在库斯科有专门跑腿的人，不管你在哪里，他们都能把信从你那儿送去库斯科，然后就能寄来我这里了。"

我向教授道了谢，抱着一堆他给我的书籍回到了旅馆。这些书里的内容，大量摘自《苏塞克斯手稿》《塞拉伊诺断章》以及德雷特伯爵所写的《尸食教典仪》，讲述了旧神在参宿四上驱逐旧日支配者的传奇故事——阿撒托斯，盲眼的"痴愚之神"；犹格·索托斯，传说中的"一生万物，万物归一者"；伟大的克苏鲁，正在沉没的拉莱耶沉睡；"无以名状者"哈斯塔，隐藏于毕宿五附近的暗星上；奈亚拉托提普，蛰伏于黑暗之中；伊塔库亚，驾驭着空中的风；克图格亚，即将从北落师门归来；撒托古亚，在恩凯等待着。它们都在等待着，等待着那个时刻，等待着秘密的仆从们迎接它们的降临，重新统治这个世界——这是一个来自远古的恐怖神话，然而，从古至今有数不清的证据证明这些神话可能真实存在。我现在完全理解了我舅姥爷的决心。我理解了他为何要尽己所能来阻止克苏鲁的仆从，也理解了他记录这一切时的从容不迫，哪怕面对死亡亦是如此平静。当晚，我一直读到夜深，直到利马街道上的喧嚣声渐渐散去，整个酒店都安静下来。

那天晚上，我第三次梦见了我的导师。

什鲁斯伯里教授像往常那样出现了，喊了一声我的名字。这次，画面没有变化，依然是上次那个奇怪的石柱房间，教授的脑袋与肩膀飘在空中，被这不像是地球上的背景衬托得格外醒目。这次，他和我说了很多。教授告诫我不要把寻找安德拉达的事透露给任何人，千万要小心谨慎，并在确定目标后立刻行动。这个邪教团体就隐藏于萨拉彭科堡垒遗迹后的内陆深处，邪教首领必须死，组织中心也需要尽可能大范围地毁灭。

教授还说，事后，我基本不可能逃离这个国家。不过，他有一个办法。教授叮嘱我，在走进秘鲁内陆之前，必须先等待一个包裹，最近几天应该就会寄到。这个包裹里有三件东西，第一件，是一小瓶能帮助我穿越时空的黄金蜂蜜酒；第二件，是一块五角星石；第三件，是一枚哨子。教授解释说，五角星石能帮我抵御深潜者以及克苏鲁的低级仆从，但不能抵抗克苏鲁本身和其高级侍卫。哨子则能召唤一种巨大的、会飞的生物，它们会将我传送去一个地方，在那里，我的身体会永远悬浮置空，但我的精神会与远在太空另一端的什鲁斯伯里教授会合。教授说，等我的任务完成之后，在这个团体的幸存者对我进行打击报复之前，我得喝下蜂蜜酒，拿着五角星石，吹响哨子，喊出咒语："Iä! lä! Hastur! Hastur cf'ayak' vulgtmm, vugtlagln, vulgtmm! Ai! Ai! Hastur!"——最后，勇敢地踏上新的旅程。

这个梦本身就够离奇了，但接下来发生的事更是不可思议。

黎明的时候，我梦到自己被一种巨翼的拍打声吵醒。透过窗户，我看到外面有一只恐怖的、长着翅膀的怪物，它的背上还骑着一个年轻人。年轻人从窗户翻进我的房间，在我的书桌上放下一些东西后，又从窗户离开了。我的视野受限，只能看到一部分，但那个长着翅膀的怪物载着他，一下子就不见了，空气中翅膀拍打的声音也很快随之消失。

又过了两个小时，我才真的从梦中醒来。我半信半疑地走向自己的书桌，却发现梦中的那个位置摆着三件物品——一枚哨子，一瓶黄金蜂蜜酒，还有一小块五角星石——或者说，那真的是一个梦吗？我注意到，这块石头是我舅姥爷所收藏的那块的复刻品！当然，我舅姥爷的那块被我寄存在了新奥尔良。

我想，在天黑之前，我就可以向秘鲁内陆进发了。

四

11 月 9 日信。

亲爱的安德罗斯教授：

我在马丘比丘附近扎营了，尽管我在这里待了不到七个小时，但我注意到一些令人不安的事。您之前给我推荐的桑德斯先生又给我介绍了一名向导，这件事我是通过他了解到的。昨日，在前往印加古城的路上，我拦住了一些印第安人，问他们是否知道安德拉达神父的下落。那些印第安人往身后的方向做了一个双手交叉的手势，但并没能给我任何准确的信息。然而，没过多久，我刚说的那个向导骑马赶到，并坦言自己无意间听到了我询问印第安人的话。他和我说，如果我不介意抵达马丘比丘后偏离这条路线的话，他可以带我去见他的哥哥。他哥哥生病了，就住在不远处的山里。

我说我不介意，于是，过了马丘比丘，我和他离开了这条山路，骑马又走了三英里，就像他所描述的那样，我们找到了他的哥哥。不必我说您也能猜到，这两个人都是克丘亚 - 阿雅尔人。他哥哥看

维吉尔·芬莱为德雷斯作品所绘插画

上去快病死了，他是在安德拉达神父的引导下皈依的，不过，我那年轻的向导并没有皈依。他哥哥听说我在找安德拉达时，有些犹豫着不敢说话，但他在发现我并不认识安德拉达且不是追随者之后，马上就开口了，好像生怕自己来不及把故事讲完似的。

我没办法复述他的原话。他的西班牙语含糊不清，但我能听出重点，这些信息令人很是费解。他哥哥坦言自己非常敬仰安德拉达，敬仰到了一种几乎崇拜的程度。但他说，安德拉达已经死了，他"早已不是曾经的那个人"。他说，现在的安德拉达并非之前的安德拉达，并且在传播一些邪恶的教义。他还说，他知道有一份安德拉达的"手书"藏在哪里，如果我需要的话，可以让他弟弟去拿来给我。只是，从这里出发去取手书，来回要走两天。我自然同意了这件事，现在我的向导已经去拿了。

我想第一时间让您知道此事。目前，我并不知道安德拉达身上发生了什么，但这位老印第安人看起来十分焦急。毫无疑问，他是真诚的，鉴于我能听懂他想表达的事，他看起来终于松了一口气。恰好，我遇到一队刚刚参观完印加遗址的美国人，我托他们在回程的路上帮我寄出了这封信。

您诚挚的，

克莱伯恩·伯伊德

11 月 11 日信。

亲爱的安德罗斯教授：

我的向导已于昨晚把那份据说是安德拉达亲笔写的手书拿回来

了。我读后，认为这份手书事关重大，我把它交给我手下跑腿的人送去库斯科，再尽快转寄给您。不过，这份手书只是冰山一角。眼下，我即将拔营前往萨拉彭科深处的峡谷，我听说安德拉达会在那里主持一场"唤醒"或者说"使命召唤"一类的仪式。

您诚挚的，

克莱伯恩·伯伊德

以下为安德拉达手书的翻译版：

没人知道他是谁，又从何处而来。他用一种类似笛子的管状乐器吹奏出奇怪的乐曲。自从他来了，到处都是令人不安的怪事。一种邪恶的氛围弥漫了整个区域。水里时常传出一种奇怪的声音，好像有什么巨大的生物在地下行走。我严肃地抨击了他，我要不停地阻止他继续传播那些邪恶的东西。

我这里的人们感到了恐惧。他们给我讲述了一些比地球更古老、很是诡异的存在，其中有一个是叫"库鲁"还是什么，他们说，这个东西即将从海中苏醒，统治地球，甚至在一段时间以后会统治整个宇宙。我尽可能地试图从他们嘴里撬出一些信息，随后，我逐渐意识到，他们所恐惧的并非是那种反人类的邪恶。用他们的原话来说，他们是恐惧一种"非人类"的东西，而且这个东西存在于人类出现之前，几乎"和时间一样古老"。我的一位信徒把这个东西大致画了出来，他说是他祖先告诉他的。

我以为他会画他们曾经以活人祭祀过的帕查卡马克[13]或者伊利亚·提西·维拉科查——但都不是——不过，他画的这玩意儿可能也是当地印加古文明中曾经崇拜过的神祇。图上的怪物面目可憎、极度扭曲，但勉强有着人形——它半蹲着，头上长满触角，像一团纠结的蛇，手上长着利爪，还有一对类似蝙蝠的翅膀。

那个人所传扬的内容，就是关于这个怪物的，他说它即将"降临"。我问了我的信徒，几乎没人知道"库鲁"是什么。有人坦言，他们的先祖曾经听说过这个名字，但从来都没有人见过。我能感觉到，很多人都相信这个假传教士的话，只是当着我的面时刻意隐瞒着。这种倾向让我感到不快。我得想办法把这个陌生人赶走，如果必要的话，我会使用鞭子。不过，我能感觉到空气中到处潜藏着危险，甚至就连我的性命都悬于一线。这不是撒旦的那种邪恶，而是一种更原始、更恐怖的邪恶。我不知如何描述，但我知道我的灵魂正在直面有生以来最大的威胁……

11 月 14 日信。

亲爱的安德罗斯教授：

我见到安德拉达神父了——不过，是远距离观察的。我的向导提醒我说，如果靠近对方可能会遭遇危险，因此，我远远地架起了望远镜，悄悄地观察着他如何组织集会。那个身穿长袍的男人，与您之前给我看的照片上的神父绝非同一人。但是，人们把他当成了安德拉达，他的确也在扮演着神父的角色。他聚集了大约三百名当

---

13 | 南美古文明中印加人的创世之神。——译者注

地人，正在慷慨激昂地发表讲话。显然，这并非正常的布道，因为他让信徒们匍匐于地听他讲话。最让我感到不安的是，我觉得这个人有点像我曾梦到的雅弗·史密斯。显然，我不认为他们是同一个人，但我能明确，这两人之间存在着某种联系。我目镜中的安德拉达和史密斯一样，都长着一张奇怪的、类似两栖动物的嘴巴，没有眼睑，肤色异常苍白，几乎没长耳朵。毫无疑问，我认为安德拉达神父已经遇害，并被我眼前这人盗走了身份，而他假扮成安德拉达的目的，远比人们第一时间的猜测更可怕。如果说他可能是深潜者中的一员也不为过……

我的一名当地向导悄悄混进了安德拉达的集会，他回来时告诉我，安德拉达讲的语言他听不懂，不过，他隐约记得，自己好像在小时候听过。向导说，安德拉达带领着大家反复唱诵着同一句话。当他尝试着向我复述这句祷词时，我瞬间就反应过来——这是强有力的证据——因为有多处记载说，与克苏鲁崇拜相关的活动中反复出现这句祷词：

Ph'nglui mglw'nafh Cthulhu R'lyeh wgah'nagl fhtagn.

翻译过来的意思是："在拉莱耶的府邸里，长眠的克苏鲁酣梦以待。"

那天晚上，我又"梦"到了什鲁斯伯里教授，我说的是"梦"，但事实是，我也不确定它到底是不是梦了。现在我对这群诡异又令人震惊的克苏鲁崇拜者们有了更深的了解。根据教授的说法，他利用了哈斯塔的仆从来阻止克苏鲁的仆从，因为哈斯塔方并不希望克苏鲁醒来。因此，我之前梦到的那些长着翅膀的怪物，应该就是哈斯塔的仆从。至于那个蜂蜜酒，应该是某种安眠药，它不仅能催眠，还能让我的身体与意识——或称灵魂——分离，虽然我不能动弹，但我还活着。在那个状态下，身体会被运送到一个安全的地方，而意识则会在另一个地方再次出现，当然并不是以人类的形态。那个地方离我们的星系很远，在金牛座毕宿星团里的塞拉伊诺。教授就是这样，通过意识，利用某种类似催眠的方式与我沟通……教授和我说，正如我怀疑的那样，安德拉达的确就是一只深潜者，但这个团体的核心区域还在峡谷深处，那是一处古印加人曾用于祭祀的秘密神庙，如今已被废弃，离我们的营地不远。我打算等太阳落山后就去察看。

　　后续：我发现了一扇隐藏的石门，它通往峡谷外沿的石壁，我沿着台阶一路往前，走到尽头时，终于发现了他们集会的地方。这些石头上粗糙的雕刻与马丘比丘以及萨克塞华曼的一样，毫无疑问，这是一条古老的印加人的通道。正如教授描述的那样，他们朝拜的地方是一处古老的神庙，但这里没有任何天窗，与当地传统不符。这神庙位于一处巨大的洞穴之中，我估计能容纳几千人，还有一片不小的湖泊，湖里泛着一股诡异的、仿佛是来自深海的绿色荧光。我猜信徒都是围绕着这湖礼拜的，因为神庙里头的古祭坛已经废弃多时了。很快，我注意到水里有一些奇怪的动静，还听到了一种遥远的乐声，就好像信徒们正在靠近。我没敢逗留，直接离开了洞穴，可当我出去的时候，半个人影都没看到。

这或许是我给您写的最后一封信了。

我的向导告诉我，今晚，在峡谷深处的那座神庙里，他们会举行一场集会。因此，我回到那里，准备提前潜伏起来。我还没能把自己完全藏进祭坛凹进去的地方，那泛着绿色荧光的水里就传来不祥的搅动声，好像有什么东西要冒头了。

我回头一看，差点儿没被恶心死。

只是一个对视，我就吓得连连后退，我之所以没有尖叫，是因为这个破水而出的怪物把我的声音都吓没了，幸而没有暴露自己的藏身地点。我想，只有在神志不清的人的最疯狂的梦境里，才会出现这种可怕的生物。它仿佛是兽性对人性的践踏——它看上去曾经是一个人，但长着触须与鱼鳃，嘴巴很可怕，里面不停地发出一种骇人的、刺耳的摩擦声，有点像扭曲的管乐。当我试图再看一眼的时候，它却消失了。我想，应该是有什么人来了才导致它出现。我没猜错，因为我听见洞穴里有脚步声自远而近而来。很快，就有人走进了这一片诡异的绿色荧光之中。

来人正是安德拉达——在这样的光线下，他面部的两栖动物特征尤为明显。我没有犹豫，直接开枪打死了它。

接下来发生的一切，几乎令人难以置信。安德拉达应声倒下，被自己的长袍盖住了。我确定自己的子弹足以杀死他，然而，只见那长袍下爬出了一团畸形的、抽搐着的肉瘤，它一扭一跳地往水边爬去，最后，消失在了水里，岸上只剩下一双拖鞋、一件空袍子以及神父身上的饰品！它就好像夸张漫画里的青蛙人，进化到一半就停滞了，然后被变态艺术家塑造成现在这个鬼样子。

湖水再次开始沸腾，但我已经布置好了炸药。最后，我在洞穴入口处点燃了那根长长的导火索，跑出洞穴，没有再回头。当爆炸声响起的时候，我的向导们看起来都十分不安。我告诉他们，现在他们可以走了，不必带上我，因为我知道我不可能活着从那条山路回去。现在，我只能使用什鲁斯伯里教授的办法了。教授，或许我们不会再见了，我只希望您能及时收到这封信。我知道我的贡献非常有限，但要抵抗这股隐秘而邪恶的力量再次降临，人类任重而道远！

永别了，

克莱伯恩·伯伊德

五

秘鲁，利马，12 月 7 日（美联社通讯）——警方在维尔卡诺塔山脉与萨拉彭科附近进行了仔细搜索，但没有发现任何与克莱伯恩·伯伊德相关的踪迹。伯伊德于 11 月中旬在山里失联，他先前拜访过维伯托·安德罗斯教授，教授说，伯伊德此行的目的是研究当地的文化及信仰。警方在伯伊德的营地里发现，他并没有带走自己的私人物品。现场还遗落了一只空药瓶，起初，警方怀疑里面曾装有毒药，但经化学成分分析，其液体残留为一种非致命的安眠药，作用是让人瘫痪、陷入深眠。营地帐篷上存在一些被巨型蝙蝠翅膀拍打过的痕迹，调查人员迄今无法解释其原因。

守密者

The Keeper of the Key

（1951年）

《守密者》导读

1. 《守密者》于 1951 年 5 月首次发表于《诡丽幻谭》，后来还被收入其他文集中，并被翻译成德语、法语和意大利语。

2. 拉班·什鲁斯伯里教授既是本篇也是本书的主人公，作为密斯卡托尼克大学的人类学和哲学教授，多年来，他一直致力于研究克苏鲁神话体系。他的研究将他带出了太阳系，进入了塞拉伊诺图书馆。

3. 阿卜杜·阿尔哈兹莱德是《死灵之书》的作者，在这篇小说中，什鲁斯伯里教授用死灵法术找回了阿卜杜·阿尔哈兹莱德的灵魂，并让他绘制世界地图。在阿卜杜·阿尔哈兹莱德完成工作，并让教授成功找到拉莱耶的地点后，这名命运多舛的阿拉伯诗人终于得以永久安息。

4. 奈亚拉托提普是旧日支配者之一，德雷斯在这篇小说中首次将其设定为"旧日支配者中令人胆寒的信使"。

一

依我之见，世上最仁慈的事，莫过于人类的思维无法联通所有事物。我们生活在一个平静的愚昧之岛上，被广袤无垠的幽暗之海所环绕，我们注定不应扬帆远航。

H.P. 洛夫克拉夫特

时间紧迫，我得尽快把它们记录下来。不久前，我在伦敦经历了一系列诡异事件。眼下海风呼啸，浪涛肆虐，如果我所恐惧之事为真，那么我们会被送到那个"海神"面前，因为我们正被它所掌控的水元素包围。我和教授都认为，没人能知道真相，然而，何为现实，何为传说？到底谁才是谁的一部分？

有些传说比人类存在的时间还古老。既然当时人类尚不存在，那么，又是什么智慧生物将其流传下来，让我们知晓这些传说呢？为了让这些故事更符合人类逻辑，有人将其进行了修改、加工。然而，古老的文字依然存在，记录了那些比人类文明更早的传说，模糊地讲述了一些巨大的灾难性事件以及一些怪异而恐怖的力量。

正如我所写的那样，这些怪事发生在伦敦，由于事件过于密集，时间好像都被拉长了，但仔细算来，这一切的开始是在七周之前。我那本荒诞小说《彼岸守望者》刚出版不久，取得了一些微小的成就。这本书因为欠缺对社会的洞察而不足以被称为严肃文学，又因为不够轻松而不能被当成纯粹的娱乐消遣。不过，评论家们对这本书赞不绝口，书评人在其中也起到了推波助澜的作用，读者们在厌倦了普通的悬疑探秘小说后，这本书倒是吊足了他们的胃口。事情发生的时候，我正打算搬离苏豪区简陋的出租屋。一天深夜，我坐在桌前，正在绞尽脑汁地构思第二本小说的大纲，却听到外面传来小心翼翼的敲门声。

　　我有些疲惫地起身打开门，只见门外站着一位老先生。他看起来善良但并不温和，面容冷峻但没有侵略性。他留着一头长长的白发，但胡子刮得很干净，长着很明显的鹰钩鼻，下颌微微有些凸出。老人戴着一副遮到眼睛两侧的墨镜，因此我看不到他的眼睛，墨镜之上，露出一对乱糟糟的灰白色的眉毛。

　　老人说起话来很有涵养："您好，我是拉班·什鲁斯伯里教授，我想找一下《彼岸守望者》的作者。"

　　我一侧身："那请进吧。"

　　"谢谢，科勒姆先生。"

　　他走进我那杂乱的公寓，径自坐下。没有任何开场白，他脱下那件斗篷似的大衣，很随意地甩向身后，露出老式的高领和一条飘逸的领带。老人的双手相扣于手杖顶部，开口说道："科勒姆先生，或许我应该先写信询问自己是否能前来拜访，但时间紧迫，我想，像你这样的作者天性热爱冒险，应该不会介意我突然到访。我能问你几个问题吗？原谅我，我已经知道你在写《彼岸守望者》的续篇，而且，我猜你写得并不顺利。我想，我可能在不久以后会对你有所帮助。但如果你不介意的话，我现在有一两个关于《彼岸守望者》的问题想问你。"

我点点头："您随便问。"

"请告诉我,你写这本书,是全凭自己的想象力吗?"

不少人都会很自然地想到这个问题,我不禁笑了笑。"您这真是在奉承我了,"我答道,"当然不是了,我引用了大量古老的神话故事。"

"然后就碰巧发现了核心真相?"

"这些只是神话故事,教授。"我保持着笑容,尽管我的话可能会冒犯对方。

"这个世间流传的每一个传说,在一定程度上都曾真实地存在过,尽管在代代相传的过程中,它可能变得面目全非。然而,不管是哪个民族、哪种文化,这些传说里都有着一些奇怪但引人深思的相似之处。你应该已经遇到过了。不过,无论如何,我还想再问你一个问题——自从你的小说出版以来,你有没有感觉自己的人身安全受到了威胁?"

我几乎是脱口而出:"当然没有!"可是,等我细细回想起来,的确有几个晚上……

"我并不那样认为,"我的来访者断言道,"有几次你被人尾随了——或者,我想是'跟踪'更确切一些——你从未想过那些跟踪你的人碰巧就来自你笔下的那个诡异世界吧。你看,科勒姆先生,我知道这些,是因为有两次我跟踪了那些跟踪你的人。可惜你没有看到他们!但凡你见过,哪怕日后你忘了他们长什么模样,也不会忘记他们身上、脸上那些可怕的两栖动物特征!"

我诧异地盯着他。我的确有印象,自己不止一次被人跟踪过。我曾试图把那种感觉归咎于自己过于活跃的想象力,但失败了,因此,我最后得出结论，那些跟踪我的人一定是来自苏豪区、沃平区或者莱姆豪斯的小混混，这也进一步坚定了我搬离苏豪区的决心。

正当我思索时，教授就好像能读心一般，开口说道："科勒姆先生，无论你搬去哪里，他们都会跟过去的。我熟悉他们的套路。"

奇怪的是，我莫名其妙地就相信了教授所言，甚至还认为他或许能帮助我摆脱这些人的跟踪。

"我知道你热爱冒险，"教授继续说道，"你比寻常人更有勇气。我对你曾参与的两次探险活动有所了解。因此，我这次来也是有一些事想麻烦你的。不过，光有勇气与冒险经历还不足以吸引我，但结合你——内兰·科勒姆——还写了《彼岸守望者》这本书，我就很感兴趣了。这点对我的目的来说至关重要。谦逊地说，我本人也是一名探险家——不过，不是传统意义上的探险。我对探索地球上神秘而隐蔽的角落不感兴趣，除非这个区域与我真正的兴趣相关。不过，我现在必须找到一个地方，它藏于地球某处。前往这个地方需要知晓一个关键的秘密，而关于这个秘密藏在哪里，我目前只找到了一条线索。"

我问道："您说的这个地方，是在哪片区域呢？"

"但凡我能确定，我也不用去找了。可能在安第斯山脉，可能在南太平洋，可能在永冻高原、大戈壁，也可能在埃及、阿拉伯沙漠，甚至，它可能就在伦敦。还是让我先告诉你我在找什么吧——我在寻找克苏鲁的藏身之处，它随时会苏醒，让自己的爪牙遍布全球，甚至染指其他星球。"

我忍不住反驳："教授，克苏鲁只是一个神话故事里的角色——它是美国作家洛夫克拉夫特所创造的角色！"

"哈，你就这么说吧。别人也是这么说的。不过，你想想——无论是波利尼西亚土著、秘鲁的印加人、古时居住在底格里斯河 - 幼发拉底河流域的人们，还是墨西哥阿兹台克人——我都数不清有多少古文明，他们文化里的'邪神'形象是那么相似！不，你先不要打断我。"

接下来，教授严肃地给我讲了大量神话故事与古代传说。开始时我满腹狐疑，但随着他娓娓道来，我最后不情愿地被说服了。教授提到了一群邪恶的组织，它们自人类史前就已经存在了，在奇怪、偏远的地方苟延残喘至今。它们信奉旧日支配者——那是一种人类无法想象的恐怖存在。旧日支配者们在外太空的猎户座与金牛座某处反叛了旧神，因此被驱逐去了其他行星——比如克苏鲁，正在某个沉没于海底的宫殿中沉睡；"无以名状者"哈斯塔，被囚禁于毕宿星团的哈利湖；奈亚拉托提普，是旧日支配者中令人胆寒的信使；莎布·尼古拉丝，孕育千万子孙的黑山之羊，是生殖力的象征；伊塔库亚，与传说中的温迪戈一样是风的主人；犹格·索托斯，一生万物，万物归一者，不受时间、空间的限制，是所有旧日支配者中最强大的——它们都在隐秘的地方沉睡着，等待着那个可以反击旧神的时刻，等待着再次统治世界，以及宇宙中的其他行星和恒星。在那么浩瀚的宇宙中，地球可能只是微不足道的一部分。

教授还和我讲述了旧日支配者的仆从们——深潜者、沃米人、令人憎恶的米·戈、修格斯和夏塔克鸟，以及那些神秘的、地图上不曾标注的区域，比如恩凯、寒冷荒原的卡达斯、卡尔克萨以及伊哈 - 恩斯雷。最后，教授和我说了克苏鲁与哈斯塔及其阵营之间的矛盾。

不过，不知何故，总感觉教授知道的远比他告诉我的多。教授的话完全勾起了我的好奇心，我还感觉到教授身上好像有一些奇怪的特质，隐隐令人不安。尽管他说话时的语气几乎能令人入眠，但他在言谈举止间传达的态度是如此坚定，让人从直觉上相信，他这平静的叙述十分可信，极有分量。

我一直听着，没有打断他。教授提起了那些古老的书籍与论述，这些书籍记录了传说背后与现实相关的线索——比如《纳克特抄本》《无名祭祀书》《拉莱耶文本》，德雷特伯爵的《尸食教典仪》，以及由"阿拉伯狂人"阿卜杜·阿尔哈兹莱德所写的《死灵之书》——这是其中最罕见的一本书。

教授一直在讲这些神秘的事物，有时会提出一些自己总结的结论。显然，这些知识是他自己的，他在这个领域做了大量研究。可说到一半，教授突然不说话了，而是露出一副专注倾听的模样。

"呵！"他轻轻地吐出一口气，起身径自关掉了灯。

"你听到了吗，科勒姆先生？"

我在一片漆黑中凝神倾听。这是我的想象吗？还是说我听到了一种奇怪的、拖沓的脚步声？有时候它好像还会跳跃一下。随着灯光的熄灭，我听着这个声音从我公寓外的大厅离开了，沿着台阶往下挪动。

"他们是跟着我过来的，"什鲁斯伯里教授说道，"你来这儿看。"

说着，教授走到一扇窗前，远远地看向这栋楼的大门处。我走到教授身边，顺着他的目光看去。只见两个异常伛偻的人影从门里走了出来，他们走路时一瘸一拐的。在朦胧的路灯下，我看清了他们的容貌，简直长得像鱼一样，看了就让人感到恶心。

"如果我现在告诉你，"教授凑到我的耳边轻声说道，"这两个东西其实都是深潜者，你还会认为我之前所言都是自己一厢情愿的想象吗，科勒姆先生？"

我轻声答道："我不确定。"

但我能确定的是，那两个从我家楼下走进伦敦夜雾里的东西极其邪恶，即使他们已经离开了，整条街道上依然充斥着那种令人不安的气息。

突然，我问道："你怎么知道他们在这里？"

房间里没有任何亮光，但教授精准地从我的桌上拿起了一本书："我就像了解这本书那样了解这些事。"说着，他的手里又换了一件东西，"或者这页论文，或者这支笔。科勒姆先生，即便是现在，他们也并没有放弃跟踪。他们绝不会放弃的。或许，他们怀疑我来这儿的目的——我不确定。"

"你的目的到底是什么？"我一边问，一边在心底暗暗诧异于对方在黑暗中超凡的视力。

"我需要一个像你这样的人陪我去寻找那个秘密。不过我得先提醒你，这趟旅程充满了危险，不仅是身体上的危险，它还可能会摧毁你的灵魂。当你了解到具体的指令时，你可能会觉得我疯了，但你必须听从我所说的每一个字，无条件服从！而且，我们很可能不会回来了。"

我有些犹豫。教授提出的挑战很直接，毫无讨价还价的余地。我完全相信他的人品，但我思索着，他会带我去哪里呢？

"科勒姆先生，我们要先前往亚丁港，"教授说道，"或许，你需要更多的证据来相信我的确能预知即将发生的危险。请不要惊慌，科勒姆先生，虽说我的异能微不足道，但你可能会受到惊吓。"说着，教授打开灯，转向我，摘下了那副黑色墨镜。

我被吓得几乎有些歇斯底里，尽管我极力克制，但仍然发出了一声尖叫。死一般的沉默中，我努力试图控制自己——尽管拉班·什鲁斯伯里教授方才在黑暗中展现了他的卓绝视力，但他根本没有眼睛。在那副墨镜之下，原本应该是眼睛的地方只有两个黑洞洞的窟窿！

教授平静地把墨镜又戴了回去。"抱歉，让你受惊了，科勒姆先生。"他温和地说道，"但你还没有告诉我你的决定。"

我竭力让自己的声音听起来像他那样平静："什鲁斯伯里教授，我愿意和你一起去。"

"我知道你会答应的。"他答道，"现在，听好了——等天一亮，你得找个地方把个人物品都储存起来。我们得提前做好保护工作，以免东西丢失。毕竟，我们可能要离开很长一段时间，可能几个月、一年甚至更久。你会介意吗？"

我如实答道："不。"

"很好。那么，两天后我们会从南安普顿出发。在那之前，你能收拾好东西吗？"

"没问题。"

"哦，对了，我还得和你说，科勒姆先生，在这趟旅途中，我们会遇到一些古怪的盟友，而在战斗中甚至会发生一些更奇怪的事。"说着，教授从口袋里拿出一小瓶黄金蜂蜜酒，塞进我手中，"这个东西，千万拿好了。你只需要喝一小口，所有感官就会变得异常灵敏，同时，你的灵魂能够在睡梦中离开身体自由行动。"接下来，教授又给了我一块五角星石，并告诉我这是一块护身符，只要我随身携带，它就能确保深潜者那一类的东西无法伤害我，不过它的力量无法抵御旧日支配者本身。

最后，在这些奇怪的东西之外，教授又给了我一枚哨子。

"科勒姆先生，从各种意义上来讲，这枚哨子都是你最强有力的武器。当你遭遇生命危险，且无处可逃时，你就喝下这蜂蜜酒，带上这枚五角星石，然后吹响哨子，并对天空高呼咒语——Iä! Iä! Hastur! Hastur cf'ayak' vulgtmm,vugtlagln,vulgtmm! Ai! Ai! Hastur!——然后，一些会飞的、名叫拜亚基的生物会把你送到安全的地方。"

我忍不住问道："如果旧日支配者的仆从遍布全宇宙，哪里还有什么安全的地方？"

"在一个地方我们会很安全。当然，我们并不是真的'待在'那里，我们其实是在塞拉伊诺上。"面对我难以置信的神情，教授宽容地笑了笑，"科勒姆先生，如果你认为我疯了，也是情有可原的。我只能郑重地向你保证，我说的都是实话。哈斯塔和它的仆从们不像我们这样受限于时空法则。相信我，无论你身处何处，只要你喊出召唤它们的咒语，它们就会出现。"

教授若有所思地停顿片刻，仔细地打量着我："科勒姆先生，你现在想退出吗？"

尽管我所有的理智与逻辑都在试图让我放弃，但我还是缓缓地摇了摇头。

"那后天，你能在南安普顿和我碰头吗？我们的船是'艾伦公主'号，早上九点离港。"

我答道："好，到时候见。"

"科勒姆先生，在我离开伦敦之前，我会给你的账号上打一笔金额不低的钱。即便我后天没有准时出现，你也要登上'艾伦公主'号。等时机成熟，我自然就会出现，但倘若我很久都没有出现，也请你不要着急。船票我都订好了。"教授犹豫片刻，又说，"我想再提醒你一次，危险就在你的身边，相信我——自从你的书出版以后，他们就盯上你了。因为他们认为你可能是一个潜在的威胁。"

教授撂下这句话后便离开了。我的头脑有些混乱，但我又很笃定，自己即将参与一场人类尚无法理解的神秘探险。

二

千篇一律的日常生活很难给人留下任何印象，直到鲜明的对比出现。人们或许能意识到，真正的危险在于——平凡的生活总是镀着一层诱人的微光，但它不过是一个面具，面具底下掩藏着两股汹涌的暗流——一股是显而易见的善良，而另一股则是模糊不清的、难以描述的邪恶。这种善恶间的拉扯，不仅仅存在于人类灵魂之中，还存在于大陆、海洋甚至更遥远的星空、宇宙之中。

那天晚上，我躺在床上辗转反侧，思考着拉班·什鲁斯伯里教授说的话，以及他所暗示的那些恐怖存在。夜深人静的时候，我满脑子都是一些古怪、吓人的奇思妙想，但是，一个人三十年来积累的理性逻辑，以及对世界运行法则的理解，是不会被一些新接触的"悖论"轻易撼动的。对我来说，今晚来访的教授就像是一个从黑夜中诞生的生物，无论他的故事多有说服力，我其实对他一无所知，尽管我手里还拿着他给我的那些奇怪的东西。

不过，我还有其他渠道来获取信息。我的老朋友亨利·皮尔戈拥有全国资料最全的图书馆。尽管时间已经很晚了，我还是向他所在的萨默塞特郡打去了长途电话。皮尔戈让我稍等片刻，就去帮忙查资料了。没过多久，他就找到了什鲁斯伯里教授的档案。皮尔戈给我念了教授的生平——教授家住马萨诸塞州阿卡姆镇，曾在密斯卡托尼克大学教过书，不过离校后，他就过上了不稳定的旅居生活，足迹遍布全球。皮尔戈还和我提起了教授的学术著作，他写过一本名为《以〈拉莱耶文本〉为基础论现代原始人的神话结构》的书。最后，皮尔戈说道："什鲁斯伯里教授于1938年9月失踪，疑似死亡。"

疑似死亡？

这四个字让我脑中警铃大作。不过，我毫不怀疑，不管他到底是什么人，今晚那个访客一定是拉班·什鲁斯伯里本人。那么，他留给我的那些东西呢？那个蜂蜜酒，他说有奇异的功效。

我小心翼翼地打开小药瓶，拿食指蘸了一滴蜂蜜酒，放到嘴里尝了尝。起初，它平淡的味道里带着一丝甘甜，渐渐地，香醇的气息开始在口中蔓延，但它并没有给我带来任何感官上的体验，甚至都没有红酒那种轻微的刺激感。我有些失望地把药瓶放回原处，再次在黑暗的房间里坐下。远处，大本钟在夜色中敲了两下，我寻思着，如果我打算后天九点出现在南安普顿码头，那么，我在伦敦的时间只剩下一天了。可现在，我心中疑虑重重。我开始怀疑答应教授的这个决定是否明智，我是否做了一个愚蠢的承诺——

可就在此时，我的觉知发生了一些细微的改变。我慢慢地开始意识到，自己的五感在各个维度都得到了极大的增强。街道外所有人的声音清晰可辨，夜晚渗进我房间里的气味都变得异常浓烈。同时，我还感受

维吉尔·芬莱为德雷斯作品所绘插画

到了蜂蜜酒更重要的一种功效——我的感知力被提到了一种难以置信的强度，现在我能清晰地感知到那些隐藏在建筑里、街道上甚至几百米外的监视者。

真的有人在监视我！我不知道这个蜂蜜酒是怎么做到的，但我看得分明，那些监视者伪装成了人形，但身上有着邪恶的两栖动物特征，长得就像鱼一样，面目可憎。就在那一瞬间，我意识到教授跟我说的东西都是真的，不管那些事听起来有多疯狂。在什鲁斯伯里教授含蓄的表达里，我意识到这个世界隐藏着一种无边无际、古老而强大的恐怖，他提起的那些陌生概念，那些与邪神一般的存在……一念及此，我如坠冰窟，被一种震颤灵魂的恐惧所支配。

接下来发生的一切，我无法用任何逻辑或科学来解释。

很快，我睡了过去，但我做了一个异常生动的梦。在那个梦境里，我打包好了自己要带上游轮的行李；给我的出版商写了一封信，说明自己接下来几个月不在伦敦；然后，我还拜托了我的兄弟，让他在我不在的期间帮忙处理一些相关事务；最后，我悄悄离开了自己的房间，很努力地摆脱了那些跟踪者。在我办理完所有相关的出国手续后，我立刻前往滑铁卢火车站，向南安普顿出发，最终抵达码头，登上了"艾伦公主"号。尽管我在伦敦甩掉了跟踪者，但我一到南安普顿，惊恐地发现自己又被人盯上了。

现在，我这梦境中的一切都太过鲜活，与我之前经历过的所有梦境都完全不同。这个梦太真实了，事实上，我都开始怀疑，教授之前是在梦中来找的我，而这个"梦"才是现实。或者说，有没有可能这两者皆是现实？我记得什鲁斯伯里教授和我说过，这个黄金蜂蜜酒有特殊功效，现在我确信，这酒不是人类酿造的。这是一种人类无法解释的特异功能，它应该来自一个遥远的地方，甚至，可能就来自旧日支配者潜伏的宇宙深处。这些很早就被驱逐的邪神们一直在等待着重回旧日天堂。

等我醒来的时候，我已经不在苏豪区的房间了，而是在"艾伦公主"号的船舱里，身边就是什鲁斯伯里教授。凭借教授墨镜下那惊人的能力，他一眼就猜出了我诧异的原因。

"我看你已经尝过那个蜂蜜酒了，科勒姆先生，"教授温和地说着，看起来并不生气，"想来，你对其特性已有一些了解。"

我问道："所以，那并不是一个梦？"

教授摇了摇头："不管你'梦'到了什么，那都是真实发生的事。蜂蜜酒能把你的肉体和灵魂分离，因此，你看到了自己为了履行承诺所做的这一切。或许，尝尝蜂蜜酒是一件好事，毕竟它让你切身了解到你被监视和跟踪的程度。此外，它还能帮助你躲避跟踪者。不过，我可以明确地告诉你，他们很快又会追上来的。"

教授给了我一点时间来消化现实，等我从惊疑中平静下来，他才继续说道："正如两天前我和你说的那样，这艘船会前往阿拉伯的亚丁港。从那里出发，我们可能会踏上内陆前往提姆纳古遗址，古罗马学者普林尼曾把它称为'四十庙宇之城'，我对这些庙宇的性质很感兴趣；我们也有可能前往马斯喀特或阿曼苏丹的夏都塞拉莱[14]附近，去寻找一座著名的被风沙掩埋的地下古城，它曾被多位专家命名为'无名之城'。两三千年前，这片区域曾经居住着希米叶尔[15]人。在那附近，我们很有

---

14 | 阿曼南部佐法尔地区的首府与主要海港。——译者注
15 | 希米叶尔王国，也门古代王国，建立于公元前110年。——译者注

可能会找到传说中的'千柱之城'埃雷姆。'阿拉伯狂人'阿卜杜·阿尔哈兹莱德在南部沙漠游历时曾经见过，那个地方古时候被人称为'鲁卜·卡力耶'或是'虚空之地'，现在的阿拉伯人叫它'达赫纳'或'红色沙漠'。据说，那里曾被恶灵守卫，居住着一群能杀人的怪物。你会发现，无论我们去哪里，往哪个方向研究，我们反复遇到的这些恶灵与怪物的'传说'变得越来越重要。因为，它们常常与克苏鲁神话里提到的一模一样。最后，你会得出和我之前同样的结论——这肯定不是巧合。"

我向教授保证，我已经很相信他倾力传授的这些知识了。显然，我是否能够深信不疑，取决于我进一步研究的结果，尽管我对未来可能发生的事感到非常担忧。

接下来，教授给我讲了"阿拉伯狂人"阿卜杜·阿尔哈兹莱德的作品，那本名叫《阿尔·阿吉夫》的书，后来成为《死灵之书》。从来没有任何一本书像该书这样，大量揭露了关于克苏鲁、犹格·索托斯乃至所有旧日支配者的相关秘密。最初，在阿尔哈兹莱德于公元 731 年神秘失踪后，这本书只是隐秘地流传着。《死灵之书》所暗示的内容是如此可怕，大部分人类都无法想象，哪怕有人能够想象，他们也会立刻否定这些想法，而非考虑其真实存在的可能性。因为，这种存在的本质撼动了人类所依附的基本法则，同时，它让人类在宇宙中的存在变得比当前更微不足道。鉴于这本作品的性质，所有组织，无论其隶属关系，都对《死灵之书》进行了谴责，并通过严厉的封杀行为成功阻止了它的传播，导致现在只有几本希腊语与拉丁语的译本尚存于世。这些珍贵的译本现藏于几个不同的机构——巴黎国家图书馆、大英博物馆、布宜诺斯艾利斯大学图书馆、哈佛大学怀德纳图书馆以及阿卡姆镇的密斯卡托尼克大学图书馆。至于最早的阿拉伯语原本早在几个世纪前就失传了。大约在1228年的时候，奥洛斯·沃尔密乌斯完成了拉丁语译本。

无论是拉丁语译本，还是希腊语译本，什鲁斯伯里教授都看过。这次去阿拉伯，他还希望能够找到最早的阿拉伯语原本。教授认为，阿拉伯语原本还在阿尔哈兹莱德手中，并未失踪，当年丢失的是沃尔密乌斯翻译时所用的副本。当然，这只是教授的个人猜测，不过他有足够的理由得出这个结论。我开始意识到，这趟阿拉伯之旅背后最重要的目标，应该就是拿到这份珍贵的《死灵之书》原本。

我很确定什鲁斯伯里教授心里还藏着其他事，但他半个字都没提，显然是不愿与我分享。事实上，我开始意识到，即便什鲁斯伯里教授很开放、光明正大，他选择告诉我的信息和他所知道的信息相比，仍然只是冰山一角。教授确信，自己找的东西如果不在埃雷姆，就在那个暂时无法确定位置的"无名之城"。"无名之城"可能在提姆纳遗址，也可能在塞拉莱。

接着，教授递给我几页《死灵之书》的印刷稿，并坐在我身旁，耐心地等我看完。我迅速地扫视了几页材料，基本理解了这部分抄本的重要性。

> 提起克苏鲁的人应当记得，它看上去已经长眠；它在沉睡，但它并未沉睡；它死亡了，但它亦尚未死亡；在死亡与梦境中，它终将会再次苏醒；那永世长眠的并非亡者，在玄秘的万古之中，就连死亡也会消逝。

抄本里还有其他内容：

愿克苏鲁从拉莱耶醒来！愿"无以名状者"哈斯塔从毕宿五附近的暗星上归来！愿奈亚拉托提普永远在它所栖身的黑暗中长啸！愿莎布·尼古拉丝产下它的一千个子嗣，它们会继续繁衍后代，孕育出布满大地的树精、萨提尔、妖怪与矮人！愿罗伊格尔、札尔与伊塔库亚在星空间驰骋！

还有……

谁拥有了五角星石，谁便拥有了指挥万灵前往"无归之源"的力量。

印刷本里还有很多令人不安的段落，所涉及的内容包括旧日支配者的降临，以及它们虔诚的仆从——有的化身为人，有的则化身为更诡异的怪物，一直在祈祷旧日支配者的归来。这几页书里，还提到了更多的名字，看着就让人感到一种原始的恐惧——乌波·萨斯拉、盲眼的"痴愚之神"阿撒托斯、乌姆尔·亚特·塔维尔、撒托古亚、克图格亚等——这一切都在暗示着一群邪恶的神祇，一群巨大的、恐怖的、与人类没有任何相似之处的存在，它们可能比地球还古老，甚至比天文学家所了解的太阳系还要古老。实际上，我看了几页，就不想再看下去了。我以疲惫为借口，把资料还给了教授。

于是，教授让我去睡觉。显然，他并不需要睡觉，便继续做起了一些准备工作。不过，在我睡前，教授带我去了甲板，和我一起走到围栏边，让我仔细观察水面。我注意到水下有东西，一大群海洋生物时不时地出现，围绕着我们的船。起初，我把它们误认为是海豚，什鲁斯伯里教授听了，只是哂笑一声，没有说话。在我迷迷糊糊快睡着的时候，我才意识到，我们才离开南安普顿不久，不太可能遇到这么大一群海豚。在那一瞬间，我知道"艾伦公主"号周围这群鬼鬼祟祟的东西是什么了，尽管我起初并不愿意承认。

睡着后，我又做了一个梦。

不过，这次的梦与上次由黄金蜂蜜酒触发的"白日梦"质感不同——这次的梦境很奇怪，充斥着无数恐怖的怪物，深潜者在陆地上、海里不停地追我，头顶飞过巨大的、长着蝙蝠翅膀的东西，而在那沉没于大海深处的地壳上，潜伏着一种没有形状但令人敬畏的东西。我还梦见了一些古老的、早已被掩埋的城市，它们可能比流沙还要古老，隐藏着我们所需要的一些非常有价值的东西。梦境里，这些恐怖的怪物一直追着我，直到最后我无路可逃。

三

接下来的航程风平浪静。虽说我们每天都能在海里看到那些东西——它们的背部高高弓起，显得不那么像鱼；它们的手上长着吓人的蹼，就好像指缝间有什么东西把每一根手指都粘连了起来；其面部像是人与两栖动物的杂交，蛇似的眼睛在海下闪着微光，可怕的大嘴划过皮革似的皮肤——不过，我只是短暂地瞥到几眼，看得不太真切，说不清这玩意儿是真长这样，还是因为我最近遭遇了太多怪事，而自行产生的想象。不过，船一直平稳地航行着，其他乘客并没有留意到任何古怪的现象。我想，不管我看到的东西有多令人不安，可能主要归咎于自己狂热的想象。毕竟，在这种情况下，我产生这样的想象也情有可原。

同样，我们在亚丁港上岸时，也没有发生任何意外。教授并不打算在港口城市久留，他告诉我，深潜者在港口城市里找我们就和在海里追踪一样容易，但它们不喜欢远离水源，深入内陆，因为水是它们的必备元素。尽管在没有水的情况下，它们也可以短暂地生活，但进入沙漠区域对它们来说并不是一个好主意。

"无论如何，"教授极为随意地说道，"它们很快就会追过来的，我们得为可能发生的事做好准备。"

这趟探险的向导与挑夫已经提前通过电报联系好了，我们会前往更远一些的达姆古特和他们碰头。几天后，我和教授抵达达姆古特，只花了几小时就做好了出发前的准备工作。什鲁斯伯里教授焦虑地在达姆古特附近来回检查，直到他确定这大街小巷里，除了个别可能是深潜者的可疑人物外，没有其他东西了，才放下心来。我们身上带着五角星石，这些人无法伤害到我们。于是，教授下令出发。

我们这次的目的地是鲁卜哈利沙漠的无人区——也就是阿尔哈兹莱德说的"鲁卜·卡力耶"。我们会先去塞拉莱，从那里向北，前往阿卜杜·阿尔哈兹莱德所说的"无名之城"可能所在的位置。我毫不怀疑，教授清楚地知道"无名之城"在哪里，只是他不告诉我。当时，什鲁斯伯里教授犹豫过，我们是否应该坐飞机直飞马里卜，但他经过思考，认为坐飞机会让我们失去探索路线周边的机会，便放弃了这个念头。就这样，我们像之前所有的探险队一样，骑着骆驼出发了。

从达姆古特到塞拉莱，再到更远的地方，这段穿越沙漠的旅程，却让我有些无从下笔。诚然，旅途中发生的那些怪事可能只是巧合。我是说，"可能"只是巧合——但考虑到我们此行的目的，以及从这些不明生物试图阻挠我们的意图来看，我个人认为它并非巧合。在我们进入沙漠的第一天晚上，就有一个向导失踪了。教授和我从营地一路追踪他留下的足迹——他是跑出去的，然后脚印突然就消失了，好像这人在空气里蒸发了一样，无影无踪。那天晚上，没人注意到他起身离开。

第二天晚上平安无事，而到了第三天晚上，我们又失去了一个挑夫。这次，我和什鲁斯伯里教授发现了这位可怜人的尸体。我们以他脚步消失的地方为起点，向外散开进行搜索，最后在沙地里找到了他被掩埋的尸体。我们对尸体进行了粗略的检查，却发现他好像是从高处坠亡的，因为他身上有好多骨头都碎得一塌糊涂。

我们没有把这件事告诉团队里的人，但向导与挑夫的失踪让大家开始感到不安。其实，在探险中半途而废的行为并不少见，因此，大家一致认为向导失踪是因为他抛下我们逃跑了。而挑夫失踪的时候，我们已经离达姆古特很远了，但我们还在一条好走的路上，所以，在一部分人心里，挑夫也是半途离开了。不过，这种已经扎根的不安感绝非只影响了团队成员，我也感觉到了。同时，这种不安并非完全源于这两人的失踪，一系列与失踪无关的事让我再也无法压抑内心的恐惧。

现在回过头看，最奇怪的事并非这两人的失踪，而是有一种非常强烈的、被隐形监视者注视的感觉。这种感觉在夜晚格外强烈，但哪怕在烈日之下，这种感觉依然挥之不去。此外，大家时不时地会在白天出现幻觉，挑夫和向导都说自己看到了——在我们队伍后不远处，有一些看上去像鳄鱼一样的爬行动物到处乱跑，显然是在跟踪我们。这些有可能是沙漠里的动物，养成了跟踪商队的习惯，可问题是，向导们说这些绝不是本地的动物，它们大小不一，小的只有几英寸长，大的却有好几英尺长。看起来，这些都是爬行动物，但有的身上披着一些我们无法辨认的奇装异服。看到这种穿衣服的爬行动物，团队成员们更是大受刺激。

我感觉这些怪东西至少有一半是被我们自己想象出来的，因为它们出现、消失的速度都很快，甚至好几次它们在我们眼前突然就消失了。这些生物可能没有什么恶意，因为它们从来没有靠近过我们的队伍或营地，而且，每次我们主动向它们走去，它们就会立刻消失。什鲁斯伯里教授对它们开过几枪，但效果差得惊人——他一枪都没有打中。有几次，我觉得他瞄得很准，但他还是没有击中。大家都很不安，但对教授来说，他反倒很喜欢这些东西接近我们。教授时不时地会向团队成员询问这些东西的数量，以及有没有人注意到它们变多了之类的问题。

当我们注意到这些东西的数量增加时，已经是离开达姆古特后第十七天了，且已经彻底离开了塞拉莱。那个时候，我们已减员六人，剩下的人极度焦躁不安。这不仅仅是因为探险队人员越来越少，更是因为领队指出，我们现在进入了一片被禁入、被诅咒的禁区。出于性命之忧，所有阿拉伯人都对此地避之唯恐不及。

不过，教授不理会团队成员的任何请求。他坦言，自己早就料到会有人对我们去此地提出抗议，这其实是一个好兆头，因为阿卜杜·阿尔哈兹莱德写的书里明确表示——"无名之城"所在之地，是一个阿拉伯人避之唯恐不及的地方。当时，又发生了一件事，坚定了教授不改变路线的决心，只是在当时，我还没有意识到这件事的意义。

教授把我叫醒时，夜已经深了。他看起来格外兴奋，低声说道："跟我来。"

我好奇地跟了过去。

教授在帐篷外单膝点地，掌心向下覆在了沙地上。

"感受它。"他命令道。

我照做了。很快，我便清晰地感到一股冰冷的气流，正稳定地在沙地表面流动。

教授问："你感觉到了吗？"

"这种凉风吗？是的，我感觉到了，这是什么？"

"阿尔哈兹莱德提到过的'幽灵之风'。这个东西在《死灵之书》以及 H.P. 洛夫克拉夫特的作品中均有记载。在那两则故事中，这风都属于同一个来源——无名之城。你感觉它是从哪个方向吹来的？"

"几乎是正北。"

"明天我们就往这个方向走。白天是感受不到这种风的，但明晚我们能再检验一下。如果我们能追溯这风的源头，那我们就能找到目的地了。在那之后，我们真正的工作才算开始，科勒姆先生——你要记住，在那之后才是开始。恐怕，到时候就只有咱俩孤军奋战了。因此，我们必须确保骆驼以及剩下的物资足够我们再次返回塞拉莱。"

第二天早晨，我们改变了方向，远离阿曼边境，往鲁卜哈利沙漠中心地带前进。团队成员们对此颇有微词，一整天都黑着脸。不过，无论他们在恐惧什么，那天他们还是陪我们走完了全程。同时，沙漠里那些奇怪的生物也越来越多了，但它们对我们当夜扎营的那片绿洲表现出了一种莫名的厌恶。

那天晚上，教授再次发现了"幽灵之风"。在这里，风更强劲了，足以摧毁我们的帐篷。太阳下山后不久，这风就出现了，团队成员们一感受到这风，就开始怨声载道，以至于什鲁斯伯里教授不得不用阿拉伯语和他们沟通。事后，他才向我解释他们之间发生了什么。

领队坦言："我们不能继续往前走了。"

"为什么？"

"你自己感受一下，这个是死亡之风。"

教授说："我感受到了。如果我和科勒姆先生继续往前，你们会在这里等我们吗？"

领队问了他手下的人，大家意见不一，但最后，领队还是表示，大部分人愿意留下等我们。

"很好。"什鲁斯伯里教授转向我，"把我们的特殊装备牢牢地绑到骆驼上。我们现在就出发。这风大约是日落后两小时开始刮的，风速比咱俩行动的速度要快很多。无论如何，如果我们抓紧的话，应该能在黎明前找到它的源头。后半夜，这风会原路折返的。"

一个小时内，我们就沿着风吹来的方向，进入了北方无垠的沙海。我们骑着骆驼，用最快的速度赶路。什鲁斯伯里教授认为，在黎明前我们一定能找到他的目的地。夜晚的沙漠并不热，但我们追着的这种风好像是从北极吹来的，还裹挟着一股我不熟悉的香味，与这片沙漠格格不入。我仰起头，看向苍穹里镶嵌的无数星辰，忍不住想，难怪阿拉伯人是最早研究天文学的民族之一。可是，看着那些星星，我又忍不住想，在这片宇宙里，教授说的那些神话传说真的存在吗？那些旧神、旧日支配者，它们之间爆发的战争与人类古老的传说有很强的相似性，哪怕在天神驱逐堕落者及其信徒之前亦是如此。

午夜刚过，风的方向就改变了。正如什鲁斯伯里教授预测的那样，这风又返回了，现在它正在往北方吹去，风力逐渐强劲。直到黎明之前，风力才有所减弱，但风速依然很快。当时，我已经疲惫不堪，但什鲁斯伯里教授依然催促着他的坐骑快速前进。他坚信"无名之城"遗址已经不远了。

教授猜得没错。那寒冷的风一停下，他就大喊着指向前方，只见沙漠中似乎出现了一块孤零零的石头，而在那个方向，太阳即将冉冉升起。这里的空气中好像弥漫着一种让人不寒而栗的恶意，基于这种直觉，我认为我们终于抵达了教授的目的地。这里的确有一座地下城，沙子里时不时会露出石头的一角，阴郁地讲述着一个几千年前的远古文明。

我在想，教授要怎样才能进入这座地下古城？显然，这座城市被埋得太深了，他不可能靠我们携带的这些铲子挖进古城里。不过，我很快就不想这个事了，因为教授根本没打算下骆驼。他沿着那逐渐消失的风，焦急地催促着骆驼快速前进。因为我身后还牵着驮装备的第三匹骆驼，很快就被他甩在了后面，只得小心翼翼地在废墟中穿行。教授在很远的地方下了骆驼，等我追过去时，发现他身边有一个洞口，巧妙地藏在沙地里。

我下骆驼的时候，最后一缕风拂过我的脚踝，盘旋着钻进了那个洞穴。我注意到洞穴下是一条被沙子覆盖的石阶，一片漆黑，而石阶深处，传来一丝潮湿的凉意。与此同时，什鲁斯伯里教授开始卸第三头骆驼身上的装备。

我问道："所以，是这里吗？"

"是的，"教授的语气很笃定，"我知道，因为我来过。"

我困惑地瞪着他："你来过？那怎么还要找这么久？"

"因为我上次来的时候，走的不是陆路，而是空降的。"教授解释道，"来吧，跟我走。"

说着，他就带我走下了石阶。在沙漠这种地方，太阳一升起来，气温就会瞬间变高。因此，我走进这个冰凉的洞穴时，感觉自己仿佛从热带瞬间走进了极地。随着深度的增加，洞穴越加冰凉潮湿。我注意到，入口石阶的消失处，连通着一个天然洞穴。由于坡度太陡了，洞穴远比我之前想象得要深。或许在很久以前，这个洞穴顶部还有一些建筑结构，但早被毁了，现在那嶙峋的石顶在教授的手电筒光下，折射着怪异的冷光。

几乎是在那一瞬间，我被深深地震撼了——毫无疑问，四周的一切都证明这里曾存在过一种古老的文明。尽管石壁上有很多甬道通向洞穴更中心的区域，但它们都太矮了，无法让人站着穿过。显然，这个洞穴是祭祀用的，所有祭坛的位置也非常低，就好像使用这个洞穴的物种只会爬行，而不会直立行走。洞穴的石顶有被加工过的痕迹，四壁都是原始艺术，然而，那些壁画所绘的内容极其恐怖——壁画所记录的事件中，主角并非人类，而是一种类似蜥蜴的爬行动物——尽管我不愿得出这个结论，但它们看起来和之前那些鳄鱼似的生物长得一模一样。它们一路远远地追着我们的队伍，直到大部队止步的那个绿洲。

不过，教授看起来还有其他目标，他从一个石穴快速走到另一个石穴，直到石室尽头。他绕着祭坛走了一圈，在岩石壁上发现了一扇石门。他很轻松地就推开了这扇门，只见门下又是一条陡峭而狭窄的石阶，通往深不可测的幽暗之中。而在那幽暗尽头，传来一阵并不难闻的气味，让我想起了什么祭祀所用的焚香。教授面对这条看似永无尽头的甬道，毫不犹豫地走了下去。事实上，它可能的确没有尽头——我们往下走了足足两个小时，由于高度不断变化，我们需要格外谨慎。我们从一处平台下降到另一处平台，直到下到一个难以想象的深度。

最终，我们又抵达了一处平台。起初，那地方逼仄得让我们俩都无法直立，但当我们蹒跚地穿过一条长廊后，竟发现越走越宽。令我诧异的是，这里出现了很多木箱，箱子正面还有一些看起来像玻璃但并不是玻璃的东西——这些箱子一看就不是人类制造的，它们结构精巧，棺材大小，与这条过道以及四周的石壁固定在一起。教授兴奋地挨个儿检视这些箱子，最后在一个箱子前停下脚步，并低沉地长叹了一声。

他把手电筒光全打在那个箱子上，并叫我上前。

教授警告我："科勒姆先生，一会儿看到什么都不要惊讶。"

我无法想象自己会看到什么，但当我看到箱子里的东西后，我的大脑一片空白。显然，我压根儿就不可能想到这个类似玻璃面的箱子里，躺着一个与我同时代的年轻男子，甚至与我年龄相仿。从他的穿衣风格上看，不是英国人，就是美国人，但我更倾向于后者。

我忍不住惊呼："我是在做梦吗？还是说，这也是幻觉？"

"不，科勒姆先生，这不是幻觉，"什鲁斯伯里教授回答，"这不是，这也不是——"

"我的天！怎么有三个人！这些尸体是怎么进来的？！"

"嘿，这些可不是尸体。"

"但他们肯定不是活人！"

"请记住阿尔哈兹莱德那句诗——'那永世长眠的并非亡者，在玄秘的万古之中，就连死亡也会消逝'——我知道这听起来很矛盾，但他们既没有死，也不算活着。他们在这里等待他们生命的核心——或者说灵魂，随便你怎么称呼这个东西——从远方回来。这就是拜亚基的秘密。它们不会飞往塞拉伊诺，而是把这些人的身体藏到这里。这里是属于哈斯塔的地盘。我想过不了多久，这些年轻人就会从塞拉伊诺回来，我们所有人会一起前往这趟旅途的最后一站——秘密即将揭晓。"

我仔细想了想教授说过的话，回忆起那种名叫拜亚基的大鸟，想起它们可以被我口袋里的石哨子召唤。

"可是，你说的拜亚基又在哪里呢？"我问道。

"有一些就在这里，其他的则分布于寒冷荒原上的卡达斯，人们不敢踏足的冷原以及其他一些地方。有的在我们这个宇宙中，有的则在其他维度中。"

我又问："那这些年轻人都是谁？"

"第一个是安德鲁·费兰，他之前在阿卡姆镇上帮我做事；第二个是亚伯·基恩，他在印斯茅斯帮了大忙；第三个是克莱伯恩·伯伊德，他去秘鲁完成了一个秘密任务。"

我惊叫道："第四个就会是我，内兰·科勒姆！"

"我希望不会！"教授热切地说道，"如果我们这次成功了，以后就没必要用这种方式逃避追杀了。"

我忍不住控诉："你是怎么知道他们藏在这里的？"

"因为我曾经也是他们中的一员——我甚至来得比他们更早。我在这些盒子里睡了将近二十年。如果算上这二十年，科勒姆先生，我比你想象得要老得多。"说着，教授扭过头，"不过，这并非我们此行的目的。这里不宜久留，我们还得往下走。下面还有我没去过的密室。"

教授只停了片刻，把部分行李塞进我的包里，因为这对他来说太重了，随后，又继续前行。我们再次开始沿着那些石阶下降，爬着穿越那些狭窄的甬道，一层一层地往下走。我完全不清楚自己往地心深处又走了多远，借着手表上的微光，我注意到时间已过中午，但奇怪的是，我既不渴也不饿。

地底深处，在一条甬道的尽头，我被四周极其怪诞的壁画吸引了注意力。这里有一系列场景，我认为它们一定是在描绘远古的"无名之城"。不过奇怪的是，这一切画面都是在月光下发生的，仿佛被打上了一层难以捉摸的幽灵般的滤镜。

我仔细研究了这些壁画，发现画中描绘了一个隐藏的秘密世界。显然，这个世界存在于地底，一座座城池矗立于高山与富饶的峡谷之间。这个国度就在被月光笼罩的"无名之城"边上。而在这个壁画里，"无名之城"已经走向衰败，那些蜥蜴居民逐渐死去，变成灵魂盘旋于空中，同时，有穿着华丽的祭司诅咒着水与空气。这画面的最后一幕极其恐怖，"无名之城"里骨瘦如柴的蜥蜴居民正在把一个人类撕碎。

不过，自这一幕之后，灰色的墙壁上再无绘画与雕饰，我对此心怀感激。

最后，我们抵达了一扇巨大的青铜门前，门上刻着阿拉伯文，经教授翻译后的意思是："来者已归，目击者已盲，记录者已然沉默；它长眠于此，既无黑暗也无光；请勿惊扰神明。"教授转过身，即便是在如此昏暗的房间里，我也能看清他脸上激动的神色。

"这说的不就是阿卜杜·阿尔哈兹莱德吗？"教授大声说道，"他一个人来过，看到了这一切，并记录下了那些秘密！"

"然后——他被杀了。"

"毫无疑问，他是被折磨致死的。"什鲁斯伯里教授平静地表示认同，"传说中，阿尔哈兹莱德在大白天被一种隐形的怪物抓走，还被当众吃了。这个故事是由十二世纪的传记作者伊本·克里尔利坎流传下来的。不过，我认为'被吃了'可能是杜撰的，事实是，由于阿尔哈兹莱德揭示了旧日支配者的秘密，他被带到了这个地方接受惩罚，最后被折磨致死。来吧，我们要进去了。"

推开这扇门有点费劲，最后，门还是开了，我们走进一间四四方方的小房间。这个房间正中摆了一口石棺，除此之外，别的什么都没有。什鲁斯伯里教授毫不犹豫地走到石棺前，推开棺盖，只见棺材里零星地散落着一些残破的衣服、骨头碎片以及大量的灰尘。

我忍不住问："这……是他吗？"

教授点了点头。

"我们千里迢迢地过来，就是为了这个？"

"不仅仅是这个，科勒姆先生。耐心一点。成败皆看接下来发生的事了。告诉我，你还有蜂蜜酒吗？"

"有。"

"拿出来喝一小口。"

我照做了。

"现在，请振作起来，他的到来需要你的帮助。"

很快，我就被一种困意击中。在什鲁斯伯里教授的引导下，我在棺材边上躺下。我几乎是一合眼就再次进入梦境，这个梦的质感与我在苏豪区第一次品尝蜂蜜酒后的梦非常类似。这次，我再一次看到自己开始"演戏"，当然，这次的剧本比上次平庸的日常要离奇许多。

我看着什鲁斯伯里教授用一种蓝色粉末在我和棺材外画了一个圈，随后，他把这个圈给点燃了。这火烧得很古怪，但它把整个房间都照亮了，让石棺显得格外鲜明。随后，教授在四周的地面上画了一系列神秘学符号，把石棺完全包围。最后，他拿出一份之前给我看过的《死灵之书》抄本，嗓音清晰地唱诵起来——

知晓拉莱耶的它，

拥有卡达斯秘密的它，

手握让克苏鲁降临钥匙的它！

以五角星石之名，以基什的信物为凭，

在旧神的应允下——

请它归来！

教授把这段话念了三遍，每念完一遍就在地上画一个图案。随后，教授便安静地等待着。就在此时，诡异的事发生了。我感觉我身体里的某一部分好像缴械投降了，就像生命力被抽干了一样。紧接着，石棺上出现了一些动静，起初那是一阵旋风，雾气弥散开来，石棺里破碎的遗物与残留物飘浮到空中，影影绰绰地拼凑出一个破碎的人影。雾气逐渐变浓、变亮。石棺上方飘浮着的幽灵很吓人，像是漫画书里的怪物——它既没有身体，也没有脸，只有一个模糊的框架，破破烂烂的布尔努斯袍[16]下，本该是眼睛的地方只剩两个会发光的黑洞，它的身体则是一团没有形状的黑气，褴褛的长袍松松垮垮地架在身上。

这个吓人的幽灵悬于空中，一动不动。

什鲁斯伯里教授主动和他说话了："阿卜杜·阿尔哈兹莱德，请问克苏鲁在哪里？"

幽灵抬起一侧的袖子，指了指自己嘴巴的位置——那里没有舌头，它不能说话。

什鲁斯伯里教授并不气馁，继续问道："克苏鲁在拉莱耶吗？"

对方并没有立即回答。教授吐出一句我听不懂的话——"Ph'nglui mglw'nafh Cthulhu R'lyeh wgah'mgl fgtagn"——当然，后来我才知道这是一个仪式短语，意思是"在拉莱耶的府邸里，长眠的克苏鲁酣梦以待"。

然而，这次，幽灵轻轻地点了一下头。

"拉莱耶在哪里？"

阿尔哈兹莱德回魂的幽灵再次指了指自己没有舌头的嘴。

什鲁斯伯里教授指示道："你可以在天花板上画一张图。"

随后，幽灵做出了一个在天花板上仔细画图的动作。然而，由于他手里没有作图工具，天花板上没有留下任何痕迹。不过，蜂蜜酒提升感知的效果是如此之强，什鲁斯伯里教授只需要根据对方的动作，就能清楚对方画了什么，并将那张图记录下来。

---

16 | 阿拉伯人穿的带风帽的长外衣。——译者注

那是一幅极其复杂的地图，我认不出是地球上的哪个区域，但我想，阿卜杜·阿尔哈兹莱德和教授一样，他们对地球的理解一定与我完全不同。阿尔哈兹莱德对地表的理解受限于他生活的年代，不过，在此基础上，他一定还通过自己的方式积攒了许多知识，足以他写出《阿尔·阿吉夫》。

什鲁斯伯里教授在绘制完成后，将地图举到他召唤出来的幽灵面前，问道："拉莱耶是在这里吗？"

幽灵点了点头。

"这么多岛屿，拉莱耶是在哪个岛下面？"

幽灵指向地图上的一个小点，然后做了一个神秘的手势，什鲁斯伯里教授立刻意会。

"哦，它有时沉入海底，有时又会在海上浮现。"

幽灵再次点了点头。

什鲁斯伯里教授显然对询问的结果很满意，现在，他又提起了他一直念念不忘的话题："告诉我，阿尔哈兹莱德，你那本遗失的《阿尔·阿吉夫》在哪里？"

幽灵毫无动作地"沉默"了几秒，没有立刻回答，随后，幽灵的脑袋缓缓转向一侧，或许，这是一个拒绝的姿势；又或许，它可能在试图看向一些我们看不到的东西。

教授追问道："那本书就在这个房间里吗？"

幽灵点了点头。

"是在石棺里吗？"

幽灵又摇了摇头。

教授迅速地扫了四周一圈，无论是墙上还是地面上，并没有可以用来藏书的地方。

"书是在墙里吗？"教授猜道。

这次，他又得到了一个肯定的答复。

"南面的墙？"

幽灵摇头。

"北面？"

幽灵再次摇头。

"东面？"

幽灵这次点了点头，但它似乎还想用这种吓人的方式再说一些什么。这个可怜的家伙，因为揭露了旧日支配者及其爪牙的秘密，在死前的严刑拷打中被挖掉了眼睛、割掉了舌头。而现在，这个无眼无舌的幽灵，看上去似乎迫切地、悲痛地想诉说一些什么。

教授看懂了，试图把它从这个状态中解救出来。

他问道："你想说的事，和那份手稿有关吗？"

幽灵迅速地点点头。

"是有东西在守护那份手稿吗？"

幽灵点头。

"守卫在这里吗？"

幽灵摇头。

教授继续猜测："那么它们在更深的地底下？"

幽灵点头。

"你就是想告诉我这个吗？还有别的想说的吗？"

幽灵表示还有更多的内容。

教授问道："是原稿不全吗？在你死前，有一部分手稿被人破坏了？"

幽灵再次点头。

"我就拿剩下的。"教授说道，"阿卜杜·阿尔哈兹莱德，我的问题问完了。你可以回去了。"

话音刚落，空中那些衣物与骨头的残片就好像失去了支撑，噼里啪啦地掉了下来；雾气像被风吹走的灰尘一样，消失不见；石棺外那一圈蓝色的火焰越烧越矮，逐渐熄灭。与此同时，力量再次注入了我的身体。教授从地上站起——他刚才跪在那里临摹了幽灵在天花板上绘的图——最后，他合上了石棺。

随后，教授迅速走到我身边，摇了摇我。

"快走，我们找的东西到手了，"他低声说道，"抓紧时间！"

接下来，我们试图在东面的墙上寻找被藏起来的《阿尔·阿吉夫》残章。教授推测，藏书的位置应该比较靠近地面，因为阿尔哈兹莱德在被折磨的时候，一定被锁链铐着，行动不便，不太可能摸到比较高的位置藏书。教授找书的时候十分焦急，时不时地驻足倾听是否有东西靠近这个房间，因此，我感觉我们花了很长的时间检视石壁，才找到一块松动的石砖。很快，我们在石砖后找到了《阿尔·阿吉夫》尚存于世的羊皮纸卷。什鲁斯伯里教授急忙将残卷塞进自己的大衣口袋。我们把砖推了回去，一起离开房间，并合上了身后那扇巨大的青铜门。

什鲁斯伯里教授又站着倾听片刻，脑袋微微侧向我们右手边的幽暗处，那一片漆黑仿佛暗示着，在我们尚未探索的甬道深处，还隐藏着更多秘密。

也是在那个时候，我们开始听到一种奇怪的声音。在此之前，我们的耳畔只有沙子被风从洞口吹进来的沙沙声，但随着我们往下越走越深，这个声音已经淡了。后来，地下的空间里一片沉寂，我和教授两人是唯一的声源。而现在，在恐怖洞穴的更深处，传来一个奇怪的声音，越来越嘈杂。我只能说，它听起来像是一种低沉的痛苦呻吟，夹杂着一种类似疾风的呼啸声——这种呻吟里似乎杂糅了许多不同的声音，我不知如何形容，唯有一点可以确定——这声音绝非来自人类，恐怖至极。

我瞄了一眼手表，太阳快下山了，也是在这个时候，洞穴里再次刮起了"幽灵之风"。显然，这风是由我们尚未探索的地底深处传来的。我感到一种强烈的想逃跑的冲动，却被教授一把抓住，不让我离开。

"再等一等，"教授劝道，"我们跑不过风的。没关系，我们手上还有五角星石，这些东西无法伤害我们。我们现在就先去旁边的甬道里躲一躲，等最强劲的那一阵风过去了再说。"

就这样，我们爬进一条从主干里侧出去的小道，关掉手电，沉默地趴着。很快，我们之前待的主道里出现了一片灰蒙蒙的光亮，它并非光线，而是一种来自墙壁的荧光。由于这微弱的照明，我的视野一下子宽阔了，能看清远处的石壁，以及各种从主干道里延伸出去的甬道。紧接着，"幽灵之风"袭来，它在空中卷起强劲的气流，噪声越来越响，仿佛风里混杂着各种尖叫、怒吼、诅咒、呜咽以及痛苦的哀嚎声。我向外定睛一看，好像看到无数张脸在那风里扭曲地翻滚，蜥蜴的脸、爬行动物的脸、两栖动物的脸。它们都因自己被囚禁于这"无名之城"的地底而痛苦地哀嚎。这些"脸"在我面前流动不息，一个个张大了嘴，仿佛在抗议它们与"幽灵之风"永远绑定的宿命。那寒风吹进我们的藏身之处，冰冷刺骨。

这些脸从何而来？这种风到底是从地下哪个辽阔的地方吹上来的，

每天夜晚在人迹罕至的荒漠里游走？以及，风中的这些灵魂，又是被什么样的魔法封印进这黑暗的地狱之中？难道说，那些壁画真实地描述了一个比人类更早的远古文明是如何从衰败走向终结？难道，在地球深处，真的存在一个如壁画所绘的世外桃源——一个阳光普照的世外桃源，那里百花盛放，山谷富饶，远不是沙漠上的人们能够想象的？

还是说，那些征服了"无名之城"的侵略者们，使这个世外桃源早已沦陷？这些侵略者或许是一些邪神的爪牙，原住民对此一无所知。

狂风冰冷的怒号以及那些恐怖的尖叫声困于这狭小封闭的空间里，几乎震耳欲聋，我不得不捂住双耳以防耳膜破裂。什鲁斯伯里教授同样捂住了耳朵。这风大约又吹了半小时，甚至更久，才从我们的藏身之处离开，减弱成了一种不急不缓的凉风。

"现在得当心一点，"教授说道，"我不知道看守阿卜杜·阿尔哈兹莱德坟墓的守卫是什么东西。"

爬回"无名之城"入口的这段路简直没完没了。教授时不时地停下，回头，用那双没有眼球的眼睛凝视身后无尽的黑暗。偶尔我会觉得，我好像听到了一些窸窸窣窣的声音，像是有什么东西在悄悄地跟着我们，但什鲁斯伯里教授什么都没说，只是加快速度爬上那些陡峭的台阶，爬向头顶那片星空下的沙漠，仿佛出去了就安全了。

我们的脚步声回荡于洞穴与过道之间，冰冷的风拂过脚踝，越来越小的"幽灵之风"仍在远方呼啸，出了洞穴之后，它仿佛在广袤的沙漠里散开，但在日出之前，它们会再次汇聚，回到这深不可测的地底之下。

很快，我意识到，我们的确是被跟踪了，但我不确定那是什么东西。教授对此没有表现出多少不安，只是再次催我加快速度。教授自己也越爬越快,嘴里嘀咕着:"我们的骆驼可能会受惊逃跑,还有那些向导和挑夫,可能会觉得我们出事了。毕竟,我们追着'幽灵之风'离开绿洲后,这已经是第二个晚上了。"

同样,我到现在也是四十几个小时没合眼了,异常疲惫,极需睡眠。我时不时地会看到一些幻影、听到一些声音,越来越频繁,但我太困了,根本无法分辨这是现实还是幻觉。

最后,我们终于抵达了头顶的沙漠出口,虽然没能一眼找到骆驼,但它们离得并不远。显然,骆驼们被"幽灵之风"的声音吓到了,远远地躲开了这个洞穴。入口处,沙子被风吹成了一个小小的旋涡,毫无疑问,在更深的地底——这阵风刮来的地方——恐怕已经形成了名副其实的沙暴。我从来没见教授像现在这样着急过,骆驼一跪下他就跳了上去,催促它快点启程。回程的方向很好找,我们只需一路沿着风,它就会把我们带回来时的绿洲,就像昨晚,风也是这样引导我们来到了"无名之城"。

夜色如同昨夜,一片漆黑,星辰在高高的云层后若隐若现,整个沙漠自内向外散发着一种恐怖的微光,仿佛这一切都只是幽灵般虚幻的存在。空气中,除了骆驼发出的声音,以及风吹向南方的呼啸声,没有任何其他声音。教授时不时地瞄向我们身后,我不知道他是否在这星空下广袤的沙漠里看到了什么,但他没有任何表示。毫无疑问,我们被一种恐怖的气息包围了,惊扰"阿拉伯狂人"阿卜杜·阿尔哈兹莱德陵墓的后果是难以预料的。尽管那个幽灵已经明确地警告我们不要触碰那本书的残章,但教授无所畏惧。

即便现在沙漠里什么都没有,但教授早料到会有什么东西从"无名之城"那片人迹罕至的废墟里出来。教授的态度暴露了他的恐惧——这说明，那些东西并非旧日支配者的仆从，因为教授并不害怕这些，他恐惧的是一些旧日支配者可以直接派遣的力量。

我们身后传来了可怕的嘶吼声，仿佛有什么东西在这条路上长嗥——这个声音不可能是人类发出来的——教授听到后，赶路赶得更急了。骆驼似乎也感受到了身后那种怪异的恐惧，听话地加快了速度。尽管这种未知的恐惧令人毛骨悚然，但我们还是平安地抵达了绿洲的营地。营地里，我们请的向导与挑夫只剩下最后一个人，还好他们走时留下了充足的物资，足够我们安全地返回塞拉莱或者达姆古特。

虽然没有直接证据，但我依然坚信我们被追踪了。不过，我们平安抵达达姆古特这件事恰恰证明了——除去被旧神施法了的五角星石，还有一股力量在守护着我们。在我们离开绿洲营地，前往达姆古特的第四天晚上，我第一次注意到天空中掠过了什么东西。教授立刻不安起来，通过他那神奇的"视力"，在它们靠近时辨认出了这种生物。

"是拜亚基，"教授仔细观察后，低声说道，"我就知道'无名之城'附近有拜亚基。之前，我还担心追着我们的是风行者伊塔库亚，我们的护身符对它可没有效果。还好不是——如果这里有拜亚基，那附近一定还有更多。"

我问道："那是什么东西在追我们？"

他语焉不详地答道："住在城里的东西。"

我反驳道："可是'无名之城'早就没人住了！"

"我还以为你之前在甬道里看到了呢。"

我有些诧异："那些壁画，难道是真的？"

"嗯，当然是真的——'无名之城'里，曾经存在过一个比人类更早的古文明。那些蜥蜴一样的爬行动物，都是克苏鲁的信徒。我以为你已经意识到了——'无名之城'曾经是一座海底城市，千万年前它沉于海底，是后来一场激烈的地壳运动才让阿拉伯半岛浮上了水面。在那一场大灾变后，'无名之城'的水生生物就在烈日下死去了。"

我问道："什么大灾变？"

"我确信大灾变就是那场让亚特兰蒂斯与失落的姆大陆沉入海底的那场灾难，同时，它也极有可能是传说中的那场大洪水。科勒姆先生，我向你保证，古籍里记载着一些令人不安又引人遐想的文章，而奇怪的是，它们证实了许多古老的传说。这些传说以这样或那样的形式代代相传。总而言之，除了那些居住在海底最深处的生物，克苏鲁的大部分信徒都死在了这里，化作那不停地在洞穴与沙漠之间游走的寒风。那些信徒依然在那里，只是它们存在的方式不再受我们这个维度的法则限制，变成了我们抵达'无名之城'之前的那些幽灵幻影。"

接下来，我一直观察着那些奇怪的蜥蜴生物。它们的确就在我们身边，不可思议地消失又出现。这些小幽灵切断了牵引第三头骆驼的缰绳，让我们损失了部分物资，除此之外，它们并未造成其他困扰。后来，在通过阿曼前往塞拉莱的途中，我们又从另一支商队手里买了一些物资，缓解了物资缺乏的困窘。我不知道第三头骆驼去了哪里，牵引绳是在某天夜晚被割断的，其他两只骆驼没事，或许是因为它们离帐篷更近。

从"无名之城"的绿洲营地到达姆古特的旅途间，我在晚上见过三次拜亚基，不过，它们刻意避开了人类城市。比起沙漠，教授认为，在城里与沿海区域我们才更应该担心这些追踪者的威胁。我们一抵达塞拉莱，教授就复印了几份阿尔哈兹莱德那张珍贵的地图，一份寄去了伦敦，一份寄去了新加坡，且都要等他亲自抵达后才能取信。至于那份手稿残章，教授倒是一直随身携带。做完这一切，他平静地迎来了接下来的旅程，尽管他对这次返程没有抱任何幻想。

当然，在这一点上，教授也不算过于悲观。我们从达姆古特途径穆卡拉抵达亚丁港的旅程相对平静，没发生什么教授之前所担心的事，但我们从亚丁港进入红海后，前往苏伊士与地中海方向的那段航程却是危险重重。

什鲁斯伯里教授只是瞄了一眼，就立刻发现了问题。我们所乘坐的这艘"萨纳"号上，那些忙着为船搬运补给的码头工人好像都变形了——他们工作时不时地跳跃或拖着地走，并非迈着正常的步子。这个变化并不算明显，所以，大部分路过的人都没有注意到。然而，对于教授这样一个经验丰富的观察者来说，这细微的变化逃不过他的法眼。教授和我说，或许这只是一个巧合。在马萨诸塞州，一些沿海小镇里曾经发生过深潜者与当地人杂交的恐怖实验，从而产生了数量惊人的后代。或许，这样的实验在别处也有，因为这些码头工人看上去非常类似马萨诸塞州的印斯茅斯人，以及敦威治附近山区的人，那里也曾出现过大量的混血人类。

不过，这些码头工人半点都没为难我们，直到我们的船从亚丁港前往红海，教授才意识到那些跟踪者是什么性质。昨晚，他走进我的船舱，神情非常焦急。

他开门见山地问道："你看到水下的那些东西了吗？"

我点了点头。

"显然，是深潜者，"教授说道，"但还有一些别的。你仔细听。"

起初，我只听到船的航行声。然后，渐渐地，我隐约听到另一种声音，一种压根儿就不应该出现在海里的声音！远处传来沉重的脚步声，好像有什么巨大的东西正一步一步地走过沼泽，每一步都似乎要把大地踩碎，同时，那脚步声里还混杂着一种恐怖的吮吸声。

教授问："你听到了吗？"

"听到了，这是什么？"

"这不是深潜者，我们的护身符对它无效。你还带着黄金蜂蜜酒和哨子吗？召唤咒语还记得吗？"

我向教授保证我知道怎么做。

"随时准备着，但现在还不是时候。"

$$\bigstar \quad \bigstar \quad \bigstar \quad \bigstar \quad \bigstar$$

现在是第二天下午。早些时候，后方的一场暴风雨向我们袭来。狂风呼啸，电闪雷鸣，暴雨与海浪几乎吞噬了整艘"萨纳"号，天气愈发恶劣。我特意写下这份手稿，就是希望伦敦那边能继续保存我寄存的东西，除非我的死亡已被明确证实。教授向我保证，现在还不到时候。教授明确表示，如果我们现在不离开，会让整艘"萨纳"号上的人为我们陪葬。这牺牲毫无意义，他必定不会让它发生。

什鲁斯伯里教授刚和我说，时间到了，该走了。他喝了一点黄金蜂蜜酒，拿出了口哨。我能在我书写这份手稿的地方看到教授，同时，我听见他对着风暴大喊：

"Iä! lä! Hastur! Hastur cf'ayak' vulgtmm,vugtlagln,vulgtmm! Ai! Ai! Hastur!"

在怒号的狂风面前，教授站得笔直，直到深海里抽出一根鞭子似的触须，把他推了出去。

然后就出现了那些拜亚基。我的天！多么恐怖的地狱生物！

然而，教授毫无畏惧地骑上一只拜亚基。有什么东西猛然撞向船只，但它来得太迟了，注定抓不到它的猎物。

我知道我必须做什么了……

以下内容来自"萨纳"号上的记录：

在周五的风暴中，我们失去了两名结伴而行的乘客，分别是拉班·什鲁斯伯里教授与内兰·科勒姆先生。尽管当时风暴肆虐，但有人看到这两名乘客都离开了船舱，因此，我们猜测他们是被风吹进海里淹死了。在这两名乘客丧生后，那风暴就奇迹般地消退了，但我们没能找到任何与这两人相关的痕迹。事故记录已提交给官方……

黑岛
The Black Island

（1952年）

《黑岛》导读

1.《黑岛》于 1952 年 1 月首次发表于《诡丽幻谭》。

2.20 世纪 20 年代中期，本篇小说中的"我"——霍瓦特·布莱恩出生，与拉班·什鲁斯伯里教授一起出现在新加坡。

3.德雷斯将克苏鲁设定为"水"的存在之一，他还为其他旧日支配者设定了属性，例如伊塔库亚属于风元素，撒托古亚与莎布·尼古拉丝属于土元素等等。

4.小说中提到的波纳佩岛真实存在，据此，后来《克苏鲁神话》中还出现了《波纳佩圣典》。

一

1947 年 9 月某日，南太平洋某个地图上不存在的岛屿上发生了一起"绝密实验"，毫无疑问，应该把这件事记录下来。至于记录此事是否为明智之举，尚存在争议。人类的存在对于这个星球来说，不过只是弹指一瞬，即便大家知道会发生什么且做好准备，不过就是徒劳。因此，在这种情况下，人们选择保持沉默，静待事态发生也是可以理解的。

现在回头来看，很多人都比我更有资格评价，但那个"实验"前后所发生的事是如此地令人不安，它暗示了一种无比古老的邪恶存在，远超任何人的想象。因此，在时间冲淡这些记忆之前，在我自己殒命之前——这是不可避免的，甚至比我预期得还要早——我不得不把这些事先记录下来。

这一切的开端平平无奇，事情发生在新加坡，一家全球闻名的酒吧……

我进入酒吧坐下的时候，看到不远处正坐着五位先生。我独自一人，离他们不远，便随意瞄了一眼，寻思着里面好像有一个我认识的人。老人戴着墨镜，面容给人留下了深刻的印象。他身边围着四名二三十岁的年轻人，正兴致勃勃地讨论着什么。我谁也没认出来，便移开了目光。我在那儿坐了十分钟，或许十分钟都没到，亨利·克拉维尔走了过来，和我顺便聊了几句咱们过往在一起做的事。等克拉维尔走后，我听到有人提起了我的名字——

"或许布莱恩先生能替我们解惑？"

这声音和蔼可亲，不急不缓，仿佛带着某种奇特的魔力。我转过头，看到那张桌边的五位先生正满怀期待地看着我。就在这时，老人站了起来。

"从某种意义上说，我们在聊考古相关的话题，布莱恩先生，"老人开门见山地说，"请原谅我的冒昧，我是拉班·什鲁斯伯里教授，一位你的美国同胞。你愿意加入我们吗？"

我道了谢，在一种雀跃的好奇心的驱使下，走到他们桌边。

老教授向我介绍了身边几位年轻人，分别是——安德鲁·费兰、亚伯·基恩、克莱伯恩·伯伊德、内兰·科勒姆——随后，他又转向我。

"当然，我们都知道你，霍瓦特·布莱恩。你撰写了不少吴哥窟与高棉文明相关的论著，我们一直十分关注，不过，我们更感兴趣的是你关于波纳佩岛遗迹的研究。我们现在在此处与你探讨波利尼西亚神话这件事，这绝非巧合。你能不能告诉我，在你看来，波利尼西亚神话里的海神唐加罗瓦与古罗马神话里的海神尼普顿是否共享同一个起源？"

我猜测道："可能都来自印度，或者说，中南半岛区域吧。"

"可是这些人并不以海为生，"教授立即答道，"即便我们勉强承认，波利尼西亚的文明要比亚洲这些文明年轻许多，但这个世界上，存在一个比这些文明更古老的概念。我们感兴趣的，并非万神殿里神祇之间的关系，而是那些最早赋予这些形象存在的那个起源概念。以及，我们应该关注那些反复出现的规律，比如在南太平洋群岛上，我们发现了大量两栖类、鱼类相关的形象，它们从古至今，反反复复地出现在当地的艺术品上。"

我表示自己并非艺术家，因此，没有足够的专业知识来评价这些艺术品。

教授礼貌地将这个话题暂时搁置："但你知道我刚说的是什么艺术品。在南太平洋区域，当地出土的文物与艺术品上主要画着两栖类、鱼类的图案，比如，复活节岛的蜥蜴人像，以及在美拉尼西亚和密克罗尼西亚发现的两栖类动物图案，这些在南太平洋区域很常见。可是，在北太平洋区域，文物艺术品上的图案则多是鸟类，比如，北太平洋印第安人部落创造了许多鸟类面具，这在加拿大沿海很常见。当然，你也知道，这事儿也不绝对。这些沿海的印第安人们偶尔也会使用一些类似两栖动物的艺术图案，虽说北太平洋印第安人的图腾是鸟类，但威尔士王子岛海达部落的萨满头饰、阿拉斯加科奇坎土著特林吉特人的鲨鱼祭祀头饰以及新赫布里底群岛桫椤树上雕刻的祖先像却都暗示了一种海洋生物。你有没有想过，这些现象是为什么呢？"

我说，这种对先祖的崇拜在亚洲大陆很常见。

不过，我从那四个小伙子期待的眼神中发现，这并非教授的核心论点。他现在才切入重点。教授问我，在我研究原始人类对海洋崇拜的过程中，是否有遇到关于克苏鲁的传说。教授认为，这个克苏鲁是所有传说中的海神以及相水元素相关神祇的原型。

接下来，教授讲的内容非常有特色，且能够自圆其说。教授认为，克苏鲁作为最早的海神，是掌控一切水元素的神祇，对它的崇拜源于南太平洋群岛。然而，北太平洋地区文物上出现的鸟类图案源于对空气而非水元素的崇拜。事实上，我的确熟悉克苏鲁神话，尤其是它在构架上与基督教神话存在着极高的相似性，比如，撒旦和他的信徒被驱逐了，但其依然孜孜不倦地试图再次征服天堂。

在听教授娓娓道来的同时，我回忆起《克苏鲁神话》的内容——在许多光年之外的宇宙中，生活着一群旧神，它们是善的化身，与此同时，还存在着一群名为"旧日支配者"的邪神，它们与旧神起了冲突。有一段时间，双方和平共处，但后来旧日支配者们发动了一场叛乱。参与这场叛乱的旧日支配者有：水元素的主宰克苏鲁；曾叱咤于星际空间里，后来被囚禁于哈利湖的哈斯塔；旧日支配者中最强大的一员犹格·索托斯；风之神伊塔库亚；土元素的主宰与万物孕育之母撒托古亚与莎布·尼古拉丝；旧日支配者中恐怖的信使奈亚拉托提普等等。

这场叛乱导致旧日支配者们被旧神流放，封印去了宇宙各个角落，然而，它们在自己的爪牙与人类、动物信徒的供奉下，渴望着挣脱旧神的束缚，再次降临于世。此外，传闻沉睡于地球某处的克苏鲁身上，还有着一则令人震惊的传说——它那些长得和两栖动物一样的爪牙，俗称深潜者，曾与人类通婚，并产出了恐怖的畸形后代，那些后代现在还生活在马萨诸塞州某些沿海小镇里。

此外，《克苏鲁神话》源于一系列极其古老的书籍以及一些声称为事实的记录，尽管，没有任何证据证明这些并非技艺高超的虚构作品——阿拉伯狂人写的《死灵之书》；古怪的法国绅士德雷特伯爵所写的《尸食教典仪》；《无名祭祀书》，众所周知这本书的作者是个怪人，常年游荡于欧亚大陆，寻找着古老邪教的残余；还有《塞拉伊诺断章》《拉莱耶文本》《纳克特抄本》等等。这些传说故事被当代小说家们随意当作奇幻、恐怖小说素材，让人们认为，这不过只是独属于人类的幻想故事，但事实并非如此。

教授仔细观察着我，得出结论："不过，你似乎有些怀疑，布莱恩先生。"

我答道："恐怕我更相信科学。"

"我想，这里在座的每一个人都相信科学。"教授说道。

"我以为，您相信这些传说都是真的？"

教授从他那副墨镜后面注视着我，视线隐隐令人不安："布莱恩先生，三十多年来，我都在追寻克苏鲁。我以为自己一次又一次地关闭了它进入我们这个世界的通道，但我一次又一次地被欺骗了。"

我反驳道："如果您相信这些传说中有一个神是存在的，那么您得相信剩下的都存在。"

"倒也不一定是这样，"教授答道，"不过，我的确相信一些别的旧日支配者存在。我亲眼见过，所以我相信。"

"我也见过！"费兰开了头，其他几个青年纷纷附和。真正相信科学的人，不会急于否定，也不会盲目支持。我谨慎地开口："那么先从旧神与旧日支配者之间的矛盾说起吧，你们都有一些什么样的证据？"

"支持这点的证据简直数不胜数。你想想，几乎每一个古文明都记载了一场曾发生于地球的大灾变！比如《旧约全书》，约书亚所领导的伯和仑之战；你再看看墨西哥印第安人纳瓦族的传说《库奥蒂特兰编年史》，也提到了一个永无尽头的长夜。西班牙神父伯纳狄诺·迪萨哈冈在哥伦布发现新大陆之后抵达美洲，他证实了这传说曾真实地发生过。那场灾难发生的时候，太阳悬停于地平线上纹丝不动，当地的印第安人目睹了这一切。除此之外，其他古代传说中也存在着类似的故事——比如玛雅人的《波波尔·乌》、埃及人的《伊普艾尔训诫》、佛教的《清净道论》、波斯的《阿维斯陀经注解》以及印度的《吠陀》等等。"

教授继续举例："在古代艺术中，也存在着大量有趣的巧合——在尼尼微的亚述巴尼拔博物馆下发现的巴比伦维纳斯石板，吴哥窟出土的大量艺术陈列，这些你一定都知道——还有那些古代被修改了时间的钟表，比如卡尔纳克阿蒙神殿[17]的水钟，现在昼夜的计时已经不准确了，埃及法尤姆的影子钟的时间也不准确了。在法老森穆的陵墓里，有一块刻有天象的石雕。石雕上星空的布局与我们现在不同，或许，在法老生活的年代，星空就是那样的。而石雕上的这些星星来自猎户座与金牛座星团——恰好，旧神就在猎户座附近，而哈斯塔，一位旧日支配者，就是自金牛座星团，我猜那里是所有旧日支配者的发源地。这一切绝非巧合。我认为，所有古籍中记录的大灾变，恐怕就是来自于旧神与旧日支配者之间发生的那场战争。"

我指出，现在有一个理论说，地球曾经发生的那场灾难是由于金星的不稳定造成的。

什鲁斯伯里教授几乎是不耐烦地耸了耸肩："这不过是消遣时的无稽之谈。金星曾经是彗星的理论早就被科学推翻了，但科学可无法证伪旧神与旧日支配者之间的战争。我不得不说，布莱恩先生，即便你嘴上强硬地反对着，但我知道你内心深处有所动摇。"

在这点上，我认为教授说得不错。这个怪老头所讲述的东西唤醒了我大量沉眠的回忆，那些事都凝聚在当下的事件中。作为一个考古学家，

---

17 | 卡尔纳克阿蒙神殿位于埃及。——译者注

我在研究复活节岛上奇怪的雕像时，不可能没感受到一种来自过去的压迫感。我在研究吴哥窟以及人迹罕至的马克萨斯群岛时，不可能没感受到那些盘踞于废墟深处的恐惧。我在研究古传说时，无论传说本身是多么夸张，不可能没意识到，它一定扎根于某种遥远的现实。同时，我感觉到，这五个人在善良的外表下，其实非常严肃，虽说他们完全没有恶意，但我似乎能感受到一缕不祥的气息。我毫不怀疑这些先生们是认真的，他们每一个人都无声地证明着，自己已经研究这件事多年。

"你瞧，"什鲁斯伯里教授说道，"假装我们在此偶遇是愚蠢的。我们研究了你的日常习惯，才会在这里等你。我们找你是因为，你所研究的古代遗迹、绘图、象形文字以及其他文物残片，或许能提供一些我们正在寻找的线索。"

我问道："关于什么的线索？"

"一个岛屿，"教授一边说，一边在我面前展开一幅绘制粗糙的地图。

我仔细地端详起这幅地图。当我意识到，这幅地图的作者非常笃定自己在画什么，而非一个什么都不懂的普通人后，我的兴趣瞬间倍增。不过，地图上的这些位置与当今世界略有不同，说明绘图者可能来自几百年前。

"这里是爪哇岛，这里是婆罗洲……"我试图在地图上辨认，"这一片显然是加罗林群岛，你找的标记在它的北方。不过具体方向不太明确。"

"是的，这就是这图的缺点，"什鲁斯伯里教授干巴巴地说道。

我目光犀利地看向他："教授，这图您是从哪儿弄来的？"

"来自一个很老的人。"

我表示认同："一定是非常老的人了。"

"差不多是一千五百年前了，"教授神色严肃，"不过，你能认出加罗林群岛后面那个地方是哪里吗？"

我摇了摇头。

"那让我们来聊聊你自己的研究，布莱恩先生。自二战结束以来，你一直在南太平洋。你去过那么多岛屿，在某些地区，你一定见过文物上那些强调两栖类与鱼类特征的艺术图案——这不重要，重要的是我们认为这其中有一个岛屿，很可能是这类文物的源头，或者说，它是离源头最近的岛屿。"

我答道："波纳佩岛。"

教授点点头，其他几个人看起来满脸期待。

"你看，"教授说道，"我去过这个黑岛，这个岛屿没有名字，在地图上也没有标注，因为它只在某些罕见的时段才会出现在海面上。不过，我的旅行方式有些特殊，上次我试图把这个岛屿炸掉，但失败了。我们必须再次找到这个岛屿，而最有效的探寻方式是追踪波利尼西亚艺术中这些两栖动物的图案。"

"的确有一些传说，提到了一个失踪的岛屿，"我补充道，"你说的那个岛应该是静止的吧？"

"是的，但它只在海床地震时才会出现，且并不会在海面停留太久，"教授说道，"我得先和你说一下，最近地震仪在南太平洋这块检测到了动静，因此，这个岛很有可能就要出现了。我们可以假设它是一块沉没的大陆的一小部分，甚至很可能是传说中的大陆之一。"

费兰插嘴道："失落的姆大陆。"

教授严肃地反驳道："如果姆大陆真的存在。"

"我想，支持姆大陆存在的证据非常充分，"我说道，"亚特兰蒂斯也是。教授，如果您再回头看一下您之前用过的证据，有许多传说都支持姆大陆的存在。比如，《圣经》里关于大洪水的故事，无论是记载了这场灾难的古籍，还是考古现场发现的画作，都描述了有一大片土地被那场洪水淹没。"

一位与教授同行的年轻人笑了笑："布莱恩先生，你可太上道了。"

然而，教授却听着我，没有笑容："布莱恩先生，你相信失落的姆大陆是真实存在的吗？"

"恐怕我的确相信。"

"那我猜，你应该也相信那些曾活跃于姆大陆以及亚特兰蒂斯的古文明，"教授继续说道，"布莱恩先生，有些传说应该归因于这些失落的文明——尤其是人类与海神之间的关系——在巴利阿里群岛、加罗林群岛、马萨诸塞州的印斯茅斯以及其他几个相隔甚远的区域，原住民对海神的崇拜从远古流传至今。如果说亚特兰蒂斯在西班牙海岸附近，而姆大陆则位于马绍尔群岛周边，那么，马萨诸塞州海岸附近，或许也曾存在过一片陆地。至于黑岛，可能是另一片陆地的一部分，这我们不得而知。不过，可以肯定的是，《圣经》中的大洪水以及其他传说中类似的灾难，可能就是克苏鲁曾经反抗旧神的证据。这些灾难都是它被流放到地球某处导致的。"

我点了点头，第一次注意到其他人好像在认真地审视我。

"所以，黑岛是我们迄今知道的，唯一一条直接通向克苏鲁的'门'。其他地方的通道基本都被深潜者占领了。因此，我们必须竭尽所能找到它。"

　　对话进行到现在，我感到一股微妙的力量开始与我的兴趣对抗，这种力量比我允许自己表现出来的更为强烈。那是一种盲目的抗拒，好像我在空气中感受到了某种恶意。然而，我的目光一一扫过身前五个人，他们的眼中全然没有敌意，全是与我一模一样的热情。但我非常确信，空中的确弥漫着一丝敌意与恐惧，因为它是如此细微而真实。我的目光掠过教授一行人，扫过酒吧吧台与卡座，尽管酒吧像平时那样挤满了各个国籍、不同行业的人们，但我的确没有发现什么人正在注视我们。可这种充满敌意与恐惧的氛围依然向我笼罩，它压在我的神经上，仿佛是有形的。

　　随后，我又把注意力转回到什鲁斯伯里教授身上。他现在谈起了如何通过原始艺术与手工制品来追寻克苏鲁的踪迹，他的话勾起了我记忆中无数足以佐证的细节——比如，新几内亚塞皮克河发现的奇怪神像，与汤加群岛塔帕布上的图案；比如，库克群岛发现的鱼神像，它扭曲的躯干以及四肢都是触须，似乎在暗示某种恐怖的存在；还有马克萨斯群岛的提基石神像，它身上也有诸多两栖动物的特征；新西兰毛利人雕刻的那个鱼、青蛙、章鱼与人类的诡异混合体；昆士兰州令人作呕的战盾设计，那是一个水下迷宫，迷宫尽头蹲着一个邪恶的神像，它伸出无数触手，仿佛在捕捉猎物；以及新几内亚的贝壳吊坠，上面画着类似的形象；最后，我还想起了印度尼西亚的祭祀音乐，特别是巴塔克的梦乐，以及当地围绕着某种海洋生物传说展开的古代主题的皮影戏。这些证据无疑从一个方向指向波纳佩岛，同时，夏威夷群岛某些地区使用的祭祀神像，以及复活节岛拉诺·拉拉库上的巨石像则从其他方向指向了波纳佩岛。

在波纳佩岛人人避之不及的废墟、以及被废弃的港口里，有着许多意义重大的雕刻。这些恐怖的雕刻——半人半鱼像、半人半青蛙像、八爪鱼像——都无声地讲述着一种诡异而恐怖的存在，它们是人与水生动物的杂交，曾经生活在这片土地上，而那些雕刻讲述着它曾经的生活。只是，从波纳佩岛出去，那个地方又在哪里呢？

教授平静地开口："你想到了波纳佩岛。"

"是的——可能还有更远的地方。如果黑岛不在波纳佩与新加坡之间，那么一定位于波纳佩与复活节岛之间。"

"目前我们获得的唯一坐标来自约翰逊的那则故事，是洛夫克拉夫特发现的。后来，该坐标在'H.M.S.倡议者'号沉没事件里再次出现——南纬47° 53'，西经127° 37'。我认为黑岛多少就在这个区域附近，但具体的经纬度可能不太正确，因为根据格林比大副的记录，倡议者号是在这个地方遭遇了一场非常恐怖的风暴。同时，测量可能存在误差，毕竟我们不知道那艘船被暴风吹出去了多远，也不知道格林比记录经纬度后，他又在海上漂泊了多久。根据格林比的记录，他们当时定的航线，是'往阿德默勒尔蒂群岛或新几内亚方向笔直进发'，但根据星象，他们往西偏航了。"

"至于约翰逊的那个故事……"

我打断了教授："很抱歉，我不太熟悉这些故事。"

"哦，不好意思。当然，你不太熟悉这些故事。这些故事和你的专业没什么关系，只是佐证了我猜测的一些小故事。或者说，根据我们已知的信息，这些故事极具启发性。如果一个人不相信克苏鲁、旧神以及旧日支配者们的存在，那么，对他来说，这些故事无非就是故弄玄虚，毫无意义。然而，如果一个人保持着开放的头脑，这些故事则极具启发性，我们不能直接无视它们。"

"除了这些，以及我们今天聊的其他内容，"我问道，"您希望我如何帮助您呢？"

"我认为，在南太平洋地区艺术品与文物这个领域，您是这一片最有发言权的专家。我们确信，这些原始的绘图、雕塑会带领我们找到黑岛所在的大致位置。具体地说，我们希望寻找一些类似库克群岛渔神像的物件。因为，我们目前认为，那个形象很有可能就是土著民心中克苏鲁本尊的模样。通过缩小这种神像出现的范围，我认为我们能推测出这一切的源头——黑岛所在的位置。"

我若有所思地点了点头，表示自己能够轻易地在地图上绘制出什鲁斯伯里教授想要的范围。

"布莱恩先生，那这事就靠你了？"

"不仅如此，如果你们还有位置的话，我想加入你们的团队。"

什鲁斯伯里教授沉默地盯着我看了良久，看得我心底有些不安，不过，他最后还是说："我们当然欢迎你，布莱恩先生。不过，两天后我们就要离开新加坡了。"说着，他在名片背后飞速地写了一个地址，递给我："如果有事的话，来这里找我。"

二

我与什鲁斯伯里教授一行人告别时，满腹疑虑。我几乎是下意识地提出了自己想加入他们的团队，事实上，除了教授提出的请求，我并不打算做更多的事。然而，我被一种更强烈的冲动所驱使，提出了想和他们一起去寻找黑岛的请求。一走出酒吧，我就开始问自己，为什么对什鲁斯伯里教授那些奇怪的故事毫无怀疑？他提供的证据完全都是间接的，我自己也没有任何更加强有力的证据。可是，我现在不仅相信了黑岛的存在，同样也相信了那个戴着墨镜、异常有说服力、但又隐约让人感到不适的怪老头，相信了他草草勾勒出的神话框架以及众多旧神与旧日支配者的存在。此外，我还意识到，让我相信这些事的原因，不仅仅是教授说的话，还有一种源自于我灵魂深处的笃定，好像我很久以前就已经知道这一切，只是拒绝承认，或者说，由于时机尚未成熟，我并没能发现自己潜意识里的想法。

不过，我每次看到什鲁斯伯里教授所说的那种文物图案时总会异常激动，尤其是库克群岛那些令人毛骨悚然的渔神像。教授直白地表示，这个渔神像背后有一个活着的原型。尽管我受过考古学训练，但我对此从未产生过任何怀疑。我问自己，明明考古学领域对这些神话传说存有大量怀疑，我现在为什么又要相信呢？我没有答案，只能说我感受到了一种极强的信念，比任何冷冰冰的逻辑都要强大。

不可否认的是，什鲁斯伯里教授所分析的一切并非事实本身，他对诸多事件提供的解释，以及他所谓的证据都是基于一些比较极端的猜测。关于他所列举的现象，存在其他可能性，毕竟，这些土著人的生活里充满了大量与我们现代人生活习惯无关的符号与习俗。不过，我的信念不可撼动——我就是知道波纳佩岛附近存在一个地图上没有标记的岛屿，它曾是某个沉没古国的一部分，或许是拉莱耶，也可能是姆大陆——我是如此笃定，就好像我亲自去过一样。没有任何逻辑能够解释我笃定的信念，或者说，我不接受其他任何除了什鲁斯伯里教授那粗略的解释之外的可能性。我想，教授自己也知道，他所列举的证据不过是所有可引证的原因中最微小的一部分。

到底是什么冲动让我躲在酒吧外的角落里等教授和他的同伴们出来呢？我也不知道，然而，我还是在酒吧外找了一个隐秘的地方，看着他们一行人走了出来。我并不打算跟上去，但直觉告诉我，他们可能本来就会被跟踪，而事实的确如此。他们的跟踪者远远地尾随于后——一个，两个，三个，但跟踪者之间都间隔很远。

我从阴影处走了出来，和其中一名跟踪者打了个照面。他有些疑惑地和我对视一眼，又扭头移开了目光。我认为他看起来像个东印水手，但长得有些畸形，他脑袋有些奇怪，前额很窄，眉毛稀疏，嘴巴宽得吓人，几乎没有下巴，他脖子两侧的皮肤折叠成一层一层的模样。他的皮肤也很粗糙，长了不少疣子。然而，我看向他的时候，并未感到任何恐惧。或许，什鲁斯伯里教授的暗示让我早有心理准备，见怪不怪，毕竟我知道会有人跟着他们。同样，我也十分确定，我那五位新朋友当前并不会遭遇任何危险。

随后，我思虑重重地回到住所。显然，除了什鲁斯伯里教授的故事，以及这五人对传说中克苏鲁的追寻，我心里还藏着一些其他事。我一回到房间，就重新翻出了我的爷爷韦特留给我的一包文件——我最早的姓氏并非布莱恩，这是由我在波士顿的养父母改的——我爷爷叫阿萨夫·韦特，我对他毫无记忆了，因为在我还是一个婴儿的时候，我爷爷奶奶以及我的亲生父母，一同死于镇里的一场灾难。当时，我和我的表亲在波士顿，出事后，他们当即就收养了我。对于任何一个更年长的孩子来说，这都是一场极其痛心的悲剧。

我爷爷的文件被油皮纸包裹着。爷爷原本是一名来自马萨诸塞州的海员，曾经给著名的马什家当过经理。马什家世世代代都在海上航行，航程几乎遍布整个地球。这些油皮纸已经在我这儿放了很多年了。以前，我时不时会翻开研究一下，这些东西总是让我心里隐隐不安，有些疑虑。而今晚，什鲁斯伯里教授说的事又让我想起了爷爷的文件，于是，我迫不及待地想再看一次。

包裹里一本残缺不全的旧日记本，有几页被撕掉了，还有一些零星的信件，一些文档以及一些爷爷亲手写的东西，标题很简单，叫《祈祷》。不过，还有人在旁边补了一句"致大衮"。我先翻开了《祈祷》。这些内容显然有几分诗歌的意味，但它的内容有时连贯流畅，有时又断断续续的——除非，我不得不承认，我可能并没有理解它的能力。以下是其中一篇，我读得比先前几次更认真。

> 所有居住于伊哈 - 恩斯雷深渊里的人啊，为万物之主！
> 所有听从基什信物派遣的人啊，为其创造者！
> 所有通过门前往耶和大陆的人啊，无论你来自过去还是未来，为门所通向的它！
> 祈祷吧！为即将降临的它！
> 在拉莱耶的府邸里，长眠的克苏鲁酣梦以待。

在最后那行我看不懂的句子里，有两个词，什鲁斯伯里教授曾提起过。虽说我是无意间获得这些文件的，但这个发现让我更不安了。

接下来，我翻开了那本日记，根据日记中记录的美国时事，这日记显然写于1928年。爷爷日志记录得并不频繁，但值得注意的是，最开始，我爷爷按照时间顺序，用一种类似期刊的方式，对他那个时代的政治、历史事件进行了点评，可过了一段时间以后，他记录的内容变成了一些更神秘、更个人化的东西。日记中他并没有解释这个转变的原因。自从那年四月下旬，所有日记都围绕着某个让我爷爷倍感困扰的东西展开。

4月23日：昨晚又去了一趟D.R.，看到了M.声称的"它"。没有形状，长满触须，非人类。我之前怎么可能想到呢？M.非常激动。我不能说自己和他一样兴奋，我只能说自己在M.那种兴奋与一种同样强烈的厌恶之间来回摇摆。暴风雨刮了一整夜。不知道这之后会发生什么。

4月24日：昨晚的风暴损失了不少船只。虽说我们这里很多船开去了D.R.，但我们并没有任何损失，显然，我们被一种力量保护了。至于这些事的目的是什么，等日后时间适宜了便会公开。我今天在路上看到了M.，他没注意到我，就好像他压根不认识我一样。我现在能理解他为什么得一直戴着黑色手套了。那些不明白的人，看看他的手就知道了！

4月27日：镇上来了一个陌生人，在打听老扎多克的消息。小道消息说，老扎要被处理了。太遗憾了。在我看来，他一直是一个无害的、喋喋不休的烦人精，或许就是因为他话太多了。不过，没听说他替自己辩解了什么。据说是有个陌生人给他灌了很多酒。

日记里还有不少类似的记录，以及爷爷去了哪里，不过，地名都像"D.R."这样使用了缩写，显然，那些都是要开船才能抵达的地方——在大西洋上——不过离他们的小镇不远。毕竟，这些航海记录都不长，他就抵达了目的地。这些日记所表现出的紧张程度不同，但我能感受到它们越来越混乱了。显然，这个陌生人四处打听消息的行为，给这个封闭的小镇带来了极大困扰。到五月下旬，爷爷写道：

5月21日：听说有一个"联邦的人"在镇里四处询问，还去了M.的炼油厂。我没见过他，但奥贝德说他见过。那是一个矮小劲瘦的男人，皮肤偏黑，可能是南方人吧。听说他是华盛顿直派的。M.取消了今晚的集会，也取消了去D.R.的计划。今晚的s.活动，原本是利奥波德被选中了，但现在他的资格被取消了，他们打算下次活动的时候再选一个。

5月22日：昨天海上狂风大作。D.R.那边发怒了？昨晚的活动不应该被推迟的。

5月23日：传闻越来越多了。吉尔曼说昨晚他在D.R.附近看到了搞破坏的人，但其他人都没有看到。吉尔曼的想象力真是太丰富了。他应该为自己散布不安而受到处罚。

5 月 27 日：可能出事了。镇里的陌生人越来越多，海边停着的船都带着武装。这些陌生人在检阅码头，从他们嘴里撬不出任何信息。他们真的是联邦的人吗？还是说，是从其他地方来的，比如来自 H.？我们又怎么会知道呢？我和 M. 提过这件事，但他说不可能，如果那些人是 H. 来的，他会"感觉"到的。这件事并没有让 M. 很困扰，但他看起来还是有些不安。所有人都在不停地找他询问消息。

6 月：老扎就在联邦工作人员的眼皮子底下被处理了。他们想要什么呢？我正在说服 J. 把孩子们送到玛莎那里去。

我发现，这些文件中的一封信就是在这个时期发生的，于是，我把那封写给我养母的信拿了出来夹到这页日记里。我打开信件，再次读了一遍。

1928 年 6 月 7 日

亲爱的玛莎：

抱歉我这封信写得很急，因为我们最近几天才做出决定。镇里发生了一些事，所以我觉得还是把霍瓦特送到你那儿去比较安全。约翰和阿比盖尔有些犹豫，但他们还是同意了。所以，我会把霍瓦特和阿莫斯一块儿送来。最好让阿莫斯再陪他一两个礼拜，好让霍瓦特习惯你们家在波士顿的生活。在那之后，你可以把阿莫斯送回来，不过我现在用不到他。如果你有什么需要他帮忙的地方，可以

-222-

随便使唤，忙完了再把人送回即可。

永远深爱您的

阿萨夫·韦特

日记本里剩下的日志不多了，而且都只是粗略标了一个"6月"，没有具体的日期。这些日志的内容非常混乱，暴露了我爷爷当时极度焦虑不安。

6月：M.汇报的那些问题让大家非常沮丧。这些问题直接指向D.R.以及那边发生的事。一定有人给联邦的人通风报信了，又会是谁呢？如果M.知道就好了，他会通过老扎找到一些蛛丝马迹。我们这里容不下叛徒，背叛的人会被抓起来弄死。不仅仅是叛徒本人，还有那些支持叛徒的人，如果他结婚了，那他的妻子和家人也得一起死。

6月：有人在询问大衮密令教礼堂里的"仪式"。那个叛徒还真知道点东西。

6月：码头出现了大规模行动。一个参与破坏D.R.的人大放厥词，说事态已被政府全面掌控。

6月：这都是真的。他们开始爆破了，码头沿岸大火蔓延。这件事要失控了。有些人回海里去了，但现在陆地和海水被大火隔了开来，如果要下海，得出镇绕路过去……

　　我这次再看爷爷的日记，感到了一种前所未有的不安。我至今还不知道，那场夺走了我祖先生命的灾难到底是什么性质。或许，在那场原因不明的"爆破"后，他们困在了大火之中；或许，他们后来也参与了这场爆破。无论当时发生了什么，马萨诸塞州那个小镇的事件发生于1928年。同年，我的父母和祖父母都死于一场不明的灾难。把这两件事联系起来，似乎是顺理成章的事。爷爷的日记并没有揭示太多，他记录的内容只表明了他曾活跃于某个由 M. 领导的组织，而这个组织吸引了联邦特工的注意，最后联邦政府对小镇进行了镇压。爷爷的笔记里没有透露任何关于这个组织的信息，所以，我不清楚这个组织到底是什么性质，但我猜，它一定是非法的。

　　接下来还有两份信件，均是写于1928年6月，其中一份是写给我的养父母的。

1928 年 6 月 10 日

　　亲爱的玛莎与阿沃德：

　　我从阿卡姆镇寄出了一份自己的遗嘱。如果我遭遇任何不测，你们会成为我遗嘱的执行人，同时负责管理我留给霍瓦特的信托基金。除了这部分赠与你们的钱，我剩下的资产会留给我的儿子与儿媳，如果他们也不幸遇难，就留给霍瓦特。我希望我没有太过悲观，但我也从不盲目乐观。最近这里的情况很不好。

一如既往地爱你们

阿萨夫

　　第二封信没有具体日期，但根据其内容，我认为它也是六月份写的。之前那两封写给我养父母的信是爷爷亲笔，但这封信是爷爷保存的复印件。

　　亲爱的 W[18]：

　　匆匆写下这封信是想告诉您，M. 认为我们当下损失惨重。不过，他认为伊哈完好无损，但我们其实无从知道真相。这会儿镇里满地都是联邦的人。我们现在认为，这一切都是扎多克导致的，但他已经被处理了。我们不知道老扎把这些事告诉了谁，但我们有理由相信，那人就在我们之间。那人逃不掉的。虽说那人在我们的追捕下暂时逃了出去，但他所做过的事永远不会放过他。当然，你或许会说，如果马什家能远离那些来自 P. 的怪物，这一切都不会发生，但南太平洋离马萨诸塞州多远啊，谁能想到它们能一路追来恶魔礁呢？恐怕，我们现在的面目特征都会越来越像马什家了。真是丑死了。我不能再写了，但我请求你——如果我们遭遇不测，我认为这个可能性是存在的，因为这件事惊动了联邦政府，他们就连审判都不进行，无差别地抢砸打杀——请尽你所能照顾我的孙子霍瓦特，我把他托付给了波士顿的阿沃德·W. 布莱恩夫妇。

　　阿萨夫

---

18 | 指 wilson 家。——译者注

以上是我韦特爷爷于1928年夏天在他家乡以及家人遭遇灾难时做出的举动。我以前也看过这些东西，但哪次都没现在这样入迷。或许正是因为我记忆深处有着这些东西，我才会对什鲁斯伯里教授提出的计划如此感兴趣。不过，这只是一个猜测，我自己并不确定。我坚信，什鲁斯伯里教授所寻找的东西，能够解答这些曾困扰我爷爷的问题。同时，我脑中始终盘悬着一些模糊的、恐怖的回忆，我只能感受到它，却无法具体形容它是什么，正是这个东西驱使我去深入研究克苏鲁的踪迹。我想追踪克苏鲁的冲动是如此强烈，以至于我决定暂时放弃自己的考古研究。

我按照养父母交给我时的模样，再次用油皮纸把爷爷的书信包好，放到一旁。做完这一切，我精神尚足，便按照什鲁斯伯里教授的要求，追踪起了南太平洋一带，库克群岛渔神像那样隐秘地暗示克苏鲁存在的文物图案。我埋头研究了两个多小时，不仅查阅了自己拥有的参考资料，还翻阅了我大量的笔记与草稿。最后，我意识到，那个渔神像的图案，南至澳大利亚，北达千岛群岛，中间也曾出现于柬埔寨、中南半岛、泰国以及马来群岛。不过，我现在确认了一点，正如我所预测的那样，这个图案出现频率最高的区域还是在波纳佩岛附近。然而，无论我怎么画圆，圆心都在波纳佩岛周边。因此，我毫不怀疑，什鲁斯伯里教授此行所寻的答案一定就在那附近。

同样，我确信，那个地方隐藏着人类难以想象的危险。因为，根据韦特爷爷的日记，他提到的那个"M."就是从波纳佩岛带回来了一些怪物，最终导致了1928年的悲剧。波纳佩这个岛屿在传说与相关记录里反复出现，绝非巧合。这个岛屿是人类文明的前哨，它是离那扇通往外界之"门"最近的地方。而在"门"外，那是一个属于旧日支配者的世界，克苏鲁正在沉睡，等待着从千百年的睡梦中醒来，降临于地球毫无防备的人们面前，一统世界。

三

第二天，我们便坐上了一班普通的汽船，前往波纳佩岛。我原以为我们会有自己的船，但什鲁斯伯里教授解释说，我们在波纳佩那边另有安排。离开码头后，我们很快在甲板上聚集，主要是为了交换最新的研究进展，我的几位伙伴都坦言自己在新加坡被监视了。

"你呢？"什鲁斯伯里教授转向我，"你有注意到自己被跟踪吗，布莱恩先生？"

我摇了摇头。

"不过，我发现你们被跟踪了，"我坦白道，"那些人是谁？"

"深潜者，"费兰答道，"他们无处不在，但我们之前遇到过更危险的跟踪者。这个五角星石能保护我们，如果我们随身携带石头，深潜者便无法伤害我们。"

"布兰恩先生，我也给你准备了一块。"什鲁斯伯里教授说道。

我问："深潜者又是谁？"

什鲁斯伯里教授立刻向我解释。深潜者是克苏鲁的仆从。教授说，它们最早是一种水中生物，长得有那么一点像人，但主要还是更像两栖类，或者鱼类。可在大约一个世纪以前，某些美国商人前往南太平洋与深潜者发生了关系，生出了一种既能在水里生活，又能在陆地上生活的后代。现在，大部分地区活跃着的深潜者都是这类人与怪物的混血，不能离开水源太远。毋庸置疑，这些东西听从海里某个更高等的智慧生物指挥，毕竟，它们每次都能很快找到什鲁斯伯里教授一行人。它们都曾接触过克苏鲁的追随者，当然也有过一些其他旧日支配者的仆从。深潜者的意图显然是危险的，但封印了旧神力量的五角星石让它们无法发挥其力量。然而，万一谁忘记将这块石头随身携带，就很容易被深潜者、令人憎恶的米·戈、丘丘人、修格斯、夏塔克鸟或者任何其他旧日支配者的爪牙所伤害。

　　什鲁斯伯里教授回船舱给我拿了一块他说的五角星石。这是一块灰色的石头，表面粗糙，上面有一个几乎看不清的封印，看起来好像是一个光柱。石头不大，几乎不能覆盖我的掌心，但它给我带来了一种奇怪的感受，就好像它能灼伤我的皮肉一样，让我本能地有些排斥。我把石头放进口袋，才意识到它很重，即便在口袋里隔着一层布，我也能感到它好像让我的皮肤烧了起来。根据我的观察，这石头并不会给其他人带来同样的感受。事实上，这块石头变得如此沉重，让我浑身灼热，以至于我不得不找个理由溜回船舱，把石头拿出来藏进自己的行李里。

　　放好石头之后，我才一身轻松地回到我的伙伴们身边，认真地听他们聊那些我尚不了解的领域——他们聊到了克苏鲁与哈斯塔，它们的仆从以及其他旧日支配者，聊到了旧神以及它们与旧日支配者的那场远古大战。更有趣的是，他们还聊到了他们一起经历的某些探险。他们无数次提起一些古籍以及古代碑文，而我根据他们的谈话推断，这些古籍竟

鲍里斯·多尔戈夫为德雷斯作品所绘插画

然比人类在纸莎草纸上写字的年代还要更早！他们还反复提起一个位于"塞拉伊诺"的"图书馆"，但这超出了我的领域，我不好意思插嘴询问，但根据他们说的内容，我了解到，这几个人曾经被流放到一个名叫"塞拉伊诺"的地方，那或许是一座城市，也可能是一座图书馆。在我看来，这个地方简直是考古学的无上圣地。然而，我除了知道一颗星星名叫塞拉伊诺以外，对这个如此古老的考古遗址一无所知，作为一个考古学家，我简直羞于承认。

他们讲到旧日支配者时，还提起了旧日支配者之间存在的世仇，比如哈斯塔和克图格亚之间，克苏鲁与伊塔库亚之间。这些旧日支配者只有在对抗旧神时才会齐心协力，但彼此之间争夺着崇拜者的供奉，以及自己管辖区域内的原住民——如果对方不选择信奉，就只能面临死亡。我还了解到，什鲁斯伯里教授和这几位年轻人凑在一起纯属机缘巧合，他们一起遭遇过类似的危险，最终找到了教授多年前发现的避难所。不过，教授讲的一些事让我感到不安，因为考虑到他的年龄，他似乎不可能参与过那么久之前的事。不过，我最后得出结论，一定是我理解错了。

那天晚上，我做了一个奇怪的梦。这是整个航程中一系列诡梦的开始。尽管我睡得很熟，但我一直在做梦。我梦见自己身处一座位于海底深处的城市，我在水下生活毫无困难，我能呼吸，想去哪里就去哪里，哪怕在海底深处也与陆地上没有任何不同。然而，这座城市非常古老，比我见过的任何一座城都要古老——它好像一座考古学家想象中的城市——巨大的石柱建筑，不少墙上都雕刻着日月星辰，以及一些来自艺术家想象的恐怖怪诞图案，其中有一些与库克群岛的渔神像惊人地相似。此外，一些建筑的门道又高又宽，大得令人咋舌，仿佛是为了什么人类无法想象的巨型生物所建。

我穿行于城里的大街小巷，无人打扰，但我并非孤身一人。其他人，或者说像人的怪物时不时出现，无论是外表还是行动的方式，它们看起来都更像两栖动物而非人类，我自己亦是如此。我注意到大家基本上都在往同一个方向游去，我一路尾随，汇入"人"流。于是，我来到了海底的一处高地，那边矗立着一座废墟，看上去是一座神庙。神庙由黑石建成，石砖的模样有点类似古埃及金字塔。神庙部分已然倾塌，露出一条巨大的门道，直通海床之下。那些深海居民们围绕着门排成一个半圆，我也混迹其中，等待着即将发生的事。

渐渐的，我开始感受人群中响起一种唱诵般的"呜呜"声，但我一个音符都辨认不出来，因为我听不懂那种语言。然而，也不知为什么，我心中总有一种笃定的信念认为自己应该懂得这种语言，而我身边几位海底居民正用一种谴责的、令人不适的目光盯着我，好像我犯了什么过错。不过，它们的注意力很快又被废墟里那扇门所吸引了。

大伙儿们还在从城里往这里汇聚，那扇门下开始发光。这个光奇怪地弥散开来，既不是白色也不是黄色的，而是一种摇曳的淡绿色，有点像舞动的极光。随后，只见那甬道深处，荧光中爬出了一个没有形状的巨大肉瘤，身前舞动着几根长鞭似的触手。它上半身长着一个巨大的、类似人类的脑袋，但下半身则是某种八爪生物。

就是那么令人毛骨悚然的一瞥，我就尖叫着从梦中醒来。

我在床上躺了一会儿，试图搞清楚自己做这个梦的原因。毫无疑问，它应该与我最近研究的古代传说有关，但我又如何解释我在这个梦中的视角呢？我并非一个外来的闯入者，而是在探索克苏鲁重现于世的出口。我看到的东西，远比我从资料中获得的更多，什鲁斯伯里教授可从来没有和我说过我梦中的那些细节。

不过，我最后也没得出任何结论。我想，这个梦只能是我想象力太过丰富的缘故。船在海上温柔地晃动着，我又昏昏沉沉地睡去，再次进入梦乡。

而这次，梦境的场景变了。我梦见自己目睹了一场星际大战，一些人类无法想象的存在们正兵戈相向。它们是一些形状变幻莫测的巨大光团——有些是柱状的，有些是球状的，还有一些是云状的。这些光团正在剧烈地撞击对方，同时，光的强度、形状以及颜色也一直跟着变化。这些光团太大了，我和它们比起来，就好像一只站在恐龙面前的蚂蚁。太空战况激烈，那光柱模样的东西时不时抓住对手，并远远地甩出去，我眼看着被甩出去的那个东西在视野中越来越小，随即发生了恐怖的形变，只见它从光里逐渐长出血肉，但外形还在不停地变化。

大战进行到一半，突然，所有画面消失了，仿佛舞台上的帷幕缓缓合上，取而代之的是另外一幕景象，或者更确切地说是一系列景象——第一画面是一个奇怪的黑水湖，它的边界消失于一片峭壁之间，这里像是外星，而非地球地貌，湖中水波翻滚仿佛沸腾一般，随后，水中央缓缓冒出一个恐怖到我无法描述的东西；第二个画面是一片被雪覆盖的高原，被悬崖环绕，四周荒凉、黑暗、狂风呼啸，高原正中矗立着一座黑色的城堡，城堡上塔尖林立，内部有四个人形生物坐于宝座之上，身边围绕着一群长着巨大蝙蝠翅膀的怪物；接下来我还看到了一个海底王国，与卡尔卡松[19]大相径庭，倒是和我之前梦到的那个海底城市有些类似；随后，我又看到了一片雪原，从地貌看像是加拿大，此时一个巨大的黑影在雪地里飘过，仿佛是风吹来的一样，它遮住了星星，但取而代之的是一双双亮闪闪的眼睛，仿佛是极地荒原里人类的荒诞漫画。

梦中的这些画面一幅幅从我眼前闪过，速度越来越快，我只认出了其中一个画面：那是一个海边的小镇，我确信，这如果这不是在马萨诸塞州，便是新英格兰沿岸某处，我在画面里的街道中穿行，见到了记忆中的人们——尤其是那个披着多层纱巾的女人，她是我的母亲。

最后，梦境结束了。我醒来，毫无睡意，满脑子都是疑问。我不知道我所梦见的这些是什么，有什么意义，那一系列万花筒似的梦境远超我所能理解的范围。我躺在床上，试图去创造一条思路把这些梦境全部串联起来。然而，除了什鲁斯伯里教授讲述的那个虚无缥缈的神话体系，我没有任何其他解释。

我起身，走向甲板。夜晚平静极了，月色皎洁，船正平稳地前往南太平洋，朝我们的目的地前进。午夜已过，我站在甲板的栏杆边眺望着飞速向后掠过的景色——我看向星空，思索着在那些星星上，是否还有哪里存在着人类这样的生命？我看向海洋，月光在起伏的海面上洒下一层粼粼微光，我心想，这下面是否真的存在传说中的沉没的大陆，以及千万年前的城市？在那些海底城市里，是否还盘踞着人类尚未知晓的生物？

不过，航船的声音好像对我产生了某种致幻效果，以至于我似乎看

19|一座位于法国南部的中世纪欧洲城堡。

到了海里有一些黑影正跟着船走。这些黑影伪装成人类的形状，但看上去有些扭曲。我的精神过于紧绷，甚至还听到了海里有什么在低声呼唤我的名字——霍瓦特·布莱恩、霍瓦特·布莱恩——一遍又一遍。紧接着，那些声音越来越多了，仿佛有十几个人在一起喊——霍瓦特·韦特、霍瓦特·韦特——最后，我心中升腾起一种奇怪的想法，我感觉自己应该转身、离开，回到我的故乡，就好像我不知道我的故乡早就毁于1928年的灾难一样。这种幻觉变得如此强烈，我不得不转身返回船舱，以求片刻平静。我再次躺进我的舱位，希望这次一夜无梦。

我再次入睡。

四

我们抵达波纳佩岛后，一位身穿白色制服、面色严肃的美国海军军官接待了我们。他把什鲁斯伯里教授拉去了一旁，简短地说了几句话，我们其他人与一名衣衫褴褛的海员待在一旁，海员看起来也很想和教授说上几句。教授一眼就注意到了这名海员，显然，教授对他熟络的态度并不反感。没过多久，海员便走到教授身边，与教授用一种我听不懂的方言热切地交谈起来。

教授只听他说了一小会儿，就叫停了我们团队，火速修改了当前的计划："费兰和布莱恩，你们俩跟我来，其余人回旅馆。基恩，派人去找霍尔伯格准将，请他来见我。"

于是，那名打扮粗野的海员带着教授、费兰与我，在城里一路穿过迂回的街道和小巷，来到一处破败的小屋前。这里，另一名海员正躺在草垫子上等我们。这两名海员显然知道我们会来，因为教授几个月前就向他们打听了，附近是否有关于岛屿偶尔出现又神秘消失的传说。显然，这位病榻上的海员就想和我们说这件事。

这名海员名叫佐津间·塞雷克，日本血统，但他显然是混血儿，且受过一定教育。男人即将步入中年，只是看上去更老一些。他曾经是从香港出发的长途汽船"横滨"号上的水手，但这艘汽船失事了，他是乘坐救生艇幸存的一员。在他继续讲述之前，什鲁斯伯里教授要求我们仔细记录下佐津间讲的内容。我和费兰的笔记基本一致，当然，我们并没有试图复述病人说的每一个字。

"当时，我们正在前往波纳佩岛。贝利有指南针，所以我们知道自己要去哪里。风暴后的第一天夜晚，航程一切正常——亨德森、梅利克、斯波利托和世平在划桨——我很明确，我们有足够的食物和水，大家也都很清醒——但我们在水里看到了一些东西。一开始，我们以为那是鲨鱼、海豚，或者枪鱼，总之看不太清楚。当时天太黑了，它们离船也有一定距离，只是一直跟着我们。直到我轮班的时候，它们才游近了一点。它们长得很奇怪，鱼鳍和尾巴好像人的四肢，但它们沉沉浮浮，我看不确切。突然，电光石火之间，有什么东西钻进了船里，抓住了斯波利托——直接把他拉了出去。斯波利托大声尖叫，梅利克试图拉住他，但梅利克还没抓到人，对方就已经被拖进了海里。梅利克说他看到了一双长了蹼的手，然后就被吓得近乎疯狂。斯波利托下去以后，再也没有出现。很快，那些追着船的东西就不见了，但一个小时后，它们又回来了，用同样的方式带走了世平。在那之后，没再发生什么，直到第二天早晨，我们看到了那个岛屿。

"这个地方之前并没有岛。岛上光秃秃的，只有一些看上去像是黑色淤泥的东西。不过，岛上有一些建筑的遗迹，我从来没见过那样的建筑，由一块块形状奇怪的大石头搭建而成。岛上还有一扇巨大的、洞开的门，不过它已经部分破损了。亨德森有望远镜，他仔细观察了一下岛屿，又把望远镜分给我们。亨德森想去那个岛，但我不想去。总而言之，在亨德森的提议下，梅森、梅利克和冈德斯决定上岸去瞧瞧，而我和本顿则带着望远镜留在船上给他们望风。

"他们上岸后，一脚深一脚浅地踩过石头上那些淤泥与海藻，抵达了门洞前。我透过望远镜看到那四个人都在那里。我不知道接下来的事是怎么发生的，但一个黑色的、巨大的东西突然从门洞里出现，落在了他们四个人身上。岛上传来了一阵恐怖的吮吸声，然后亨德森四人就不见了。本顿也看到了，但因为我有望远镜，他看得没我清楚。我没继续看，我也不想再看了。我们飞速地划桨，尽快逃离了那个鬼地方，直到遇见'莱茵兰'号货轮获救。"

什鲁斯伯里教授问道："你有记下那个岛屿的经纬度吗？"

"没有，但我们沉船的位置大约在南纬 49° 51'，西经 128° 34'。它在前往波纳佩岛的方向上，但离波纳佩并不算近。"

"你是白天看到这个岛的？大太阳底下？"

"是的，不过我看到了岛上有雾，绿色的雾，所以看不清楚。"

教授问道："那离波纳佩岛到底有多远呢？"

"可能要航行一日。"

什鲁斯伯里教授没再多问。无论如何，他看起来比较满意。教授沉默片刻，等到佐津间从震惊和疲惫中恢复过来，他才带着我和费兰回到之前安排好的住处。

霍尔伯格准将已经在住所等我们了，那是一个约六十岁的灰发、面色严肃的男人。在互报家门后，准将就解释了他出现的原因。

"我奉命前来听从您的派遣，什鲁斯伯里教授，因为我不得不接受那位官方人士的要求，"准将冷笑道，"波纳佩计划显然是一个属于您个人的项目，先生。"

"那我想，您一定看过我之前发来的文件了吧？"

"是的，我看过了。我对这些文件没有任何想法，毕竟这是您的领域，我一窍不通。我给您准备了一艘驱逐舰，您随时都可以使用。航母就近待命，武器准备就绪，只需我一声令下。如果我没理解错，您是想先试试其他武器，对吗？"

"是这么计划的。"

"那您打算何时离开波纳佩呢，先生？"

"一周内，将军。"

"很好。我们随时听从您的派遣。"

接下来的一周，我们在波纳佩岛上做的事都很琐碎，主要是在准备用于黑岛上的爆炸型武器，如果我们真能找到那个地图上没有记载的小岛的话。不过，在这些表面工作背后，隐藏着一些更令人不安的事。毫无疑问，正如我们之前预料的那样，有人在监视我们。同时，我们也隐隐意识到未来的任务极其艰巨。然而，令人不安的事不仅于此，我们好像被一种广袤而原始的力量所裹挟了，它渗透着的恶意几乎能凝出实质。我们所有人都感受到了，而我还感觉到了更多东西。

我感受到了一种难以描述、不可名状的恐惧。它比波纳佩岛附近潜伏的邪恶所带来的恐惧更可怕，那是一种直抵我灵魂深处的恐惧，与我存在本身息息相关，它无处不在，随着我的每一次脉搏跳动，如同汹涌的暗流遍布四肢百骸。无论我如何努力，我都无法摆脱这种感觉。我现在无限后悔，怎么就在新加坡答应了什鲁斯伯里教授的邀请，虽然那只是不久前，但我觉得时间已经过去了好久。心头这种阴霾日复一日地困扰着我，丝毫没有减轻，直到我们离开波纳佩岛。

那是一个极其闷热的清晨，对我来说，简直充满了不祥的预感。我们一早就和霍尔伯格准将一起登上了"汉密尔顿"号驱逐舰。什鲁斯伯里教授又与佐津间讨论了一下，推断出了那个岛屿的大致位置，并亲自计划了一道航线。据我所知，这段时间里将军也没有闲着，飞机一直在"横滨"号失事地点附近的海面上侦查，而一名飞行员报告说自己看到一片迷雾笼罩的区域，但他看不到任何陆地。不过，海面上出现一团不会移动的雾气本身就够奇怪了，足以引起大家的注意。飞行员发来了雾团的经纬度，"汉密尔顿"号即将往那个方向出发。

尽管我心中一直盘旋着一些不祥的预感，但航程中无事发生。到中午的时候，乌云散去、阳光明媚，那种闷热感也不见了，湿度下降，空气变得清爽。空气中弥漫着一股兴奋的气息，大家都很紧张，当然，除了将军，他看起来就像是一个服从命令的军人，即便他并不认同这次行动的必要性。将军与教授讨论了一些现代战争武器的破坏性。什鲁斯伯里教授问道："如果那些武器用在黑岛这样的一个小岛上会发生什么？"

"被消灭掉。"将军简明扼要地答道。

"我也想知道，"教授回道，"我们拭目以待。"

我不知道我是否指望驱逐舰能找到黑岛，显然，我不像将军那样平静自信。不过，就在那天下午，我们在海面上发现了一座地图上没有标记的小岛。很快，什鲁斯伯里教授、费兰、基恩和我坐上了一艘小船往小岛驶去。第二艘小船载着随行物品，以及伯伊德、科勒姆和两名驱逐舰舰员，紧随其后。值得注意的是，驱逐舰的炮口直接对准岛上的建筑结构。

当我发现黑岛就是我梦中最后出现的神庙时，我并没有太过惊讶。它现在就在我面前，与我之前见过的一模一样，雕花大门敞开着，门洞中间的空隙恰好对准了太阳，但一层绿色的迷雾笼罩了一切。这座遗迹简直摄人心魄，尽管它显然遭遇过地震与炸药的破坏。不过，地震让这座巨大的石建筑多处棱角裂成碎片，相比之下，炸药的破坏力不值一提。那些石头和这里的土地一样是黑色的，令人生畏。石头表面上雕刻着大量可怕的象形文字以及令人震惊的画面。这些建筑的平面与棱角并不遵循欧几里得定理，暗示着它很可能来自于别的维度，一个外星世界。同样，那座海底城市里的建筑，也并非地球人所建。

什鲁斯伯里教授在上岸前又提醒了我们一次。

"我认为佐津间的故事基本上是真的，"教授说道，"我并不奢望这一次攻击能封印这个'门'或者杀死它的守护者。因此，但凡地底下有东西出来的迹象，我们就必须准备好逃跑。除了地底下那个怪物，其他可能出现的家伙不足为惧，五角星石会保护我们。不过，如果那个'在梦中等待降临'的它出现了，片刻也不要停留。因此，我们在围绕入口布雷时，一定要抓住时机。"

这个岛的表面黏腻得让人不耐烦。太阳还没把淤泥晒干，岛上弥漫的那种淡绿色雾气非常潮湿，带着一股腥臭，这不仅仅是那种长期泡在水下导致的臭味，还有一种类似动物身上的臭味，既不像麝香也不辛辣，更像一种甜腻的、腐烂的气息。岛上的氛围与周边海里的截然不同，或许是因为那种甜腻的气味，或许是因为这里的湿度，又或许是因为这些古老的石头所散发出的气息。我们被一种恐怖的气息所笼罩，但白花花的太阳高悬于顶，庄严的"汉密尔顿"号停在不远处保护我们，更令人费解了。

我们迅速地开展起工作。即便如此，没有人能够逃离空气中逐渐浓重的恶意。随着时间流逝，岛上恐怖的氛围越来越重，我们越来越担心接下来会发生的事，尽管什鲁斯伯里教授警惕地守在边缘，离洞口只隔了一条破碎的门道，但我们每个人依然越来越紧张。很明显，教授认为危险会从这个洞穴里出来，而非别处。然而，如果佐津间的故事没有添油加醋，那么，我认为环绕着小岛的海域里也充满了危险。

与此同时，我还痛苦地感受到了一股针对我的敌意。我的身体上能感受到这股力量，与那些混乱的想法不同。事实上，这个岛对我的影响极大，且这个影响是累积的，除了恐惧，我还感到一种精神上的压抑；除了担忧，我还感到一种让我内心充满了矛盾的混乱。我尚无法理解这种矛盾感意味着什么，但这种矛盾感简直让人精神错乱！我发现自己一会儿渴望帮忙，但一会儿又焦急地想阻碍乃至破坏我的同伴们正在进行的工作。

当我听到教授大喊"它来了"的时候，我几乎如释重负。

我抬头看去，只见幽深的洞口之下泛起了一阵极淡的绿色荧光，与我梦中的一模一样。我十分笃定，即将从洞口爬出的东西也会与我梦中的一样，那会是一个怪诞而可怕的八爪怪物，上半身顶着一个巨大的人类脑袋。门边已经围满了一圈炸药，大伙们都拿着引爆器，冲向岛屿边的小船，唯独我，在某一瞬间仿佛感到了一股强烈的感召。我没有和他们一起，而是看着那深渊一般的洞口，产生了想一跃而下的冲动——我想走下那巨石台阶，进入海底那个被诅咒的拉莱耶——那个克苏鲁正在沉睡、等待着再次降临的宫殿。

那种感召转瞬即逝。我在什鲁斯伯里教授急促的喊叫声里转过身，跟了上去，而我身后，恶意从那个阴森的洞口像云一般升起，我心头浮起一种直觉，好像那个从古老神庙里爬出来的东西已经把我标记成了一种特殊的祭品。我是最后一个上船的人，随后，我们立刻往驱逐舰的方向划去。

此时，白日将尽，但天光尚在。太阳还没有在海平面上彻底消失，因此，我们都能看到那个恐怖的小岛上发生了什么。我们在火药引线长度允许的范围内，尽可能远地离开了小岛。在那里，我们等待着什鲁斯伯里教授下令引爆，因此，我们都看到了那个恐怖的怪物从地底深处出现。

洞口先是探出一根触手，它滑过边上的巨石，伴随着一种吮吸液体的声音，好像地球深处有巨大的脚步声在颤动。随后，门洞里有一个东西突然高耸而出，绿光冲天，那东西看起来像是一团没有形状的原生质，突然，它体内迸射出上千根长短粗细不一的触手，而那团肉瘤的顶部一直变幻着形状，渐渐显化出一个类似人头的形象，并睁开了一只独眼，不怀好意地盯着我们。随后，岛上爆发出一阵令人震惊的干呕声，同时伴随着大片呼嚎与笛子般尖锐的哨声，隔着海浪向我们袭来。

我闭上双眼，我无法在现实中直面不久前在梦境中经历的恐怖。

也就是在那一瞬间，什鲁斯伯里教授一声令下。

爆炸的一瞬间，大地颤动。包括门洞入口在内，那些没有毁于上次爆炸的建筑炸裂开来，直冲云霄。从门洞里钻出来的那个东西也被撕裂了，顷刻间，周边的岩石碎落，噼里啪啦地砸在了它的身上。然而，令人不寒而栗的是，当爆炸的尾音渐渐散去，之前那些干呕声、呼嚎声以及尖锐的哨声再次卷土重来。而我们眼前那团被砸碎的东西像水一般汇聚、凝合，再次重生成了之前的形状！

什鲁斯伯里教授神色冷峻，但他没有犹豫，直接要求小船返航。我们所目击的恐怖景象化作了划桨的动力，让我们飞速回到汉密尔顿号。

霍尔伯格准将手里拿着望远镜，站在顶层甲板上看向我们：“这真是令人震惊，什鲁斯伯里教授，看来我们必须使用武器了？”

什鲁斯伯里教授沉默地点了点头。

“那让我们拭目以待。”将军答道。

岛上的那个东西还在变大。它现在像塔似的矗立于废墟之上，头顶无限向天空延升，脚下向海边蔓延。

“可怕，太可怕了，”霍尔伯格准将低声喃喃，“上帝啊，这到底是什么东西？”

“可能是某个来自外星世界的东西，”什鲁斯伯里教授疲惫地说道，“没人知道它是什么，或许我们的武器也没用。”

“先生，没有任何东西可以抵御我们的武器。”

“军人都这么说。”教授喃喃自语。

"汉密尔顿"号开始加速离开岛屿。

"将军，发射前还需要多久？"

"航母现在应该已经收到我们发出的信号了，战斗机武器装载完毕，等我们抵达安全的距离，应该就一切就绪。"

夕阳被岛屿上巨大的黑影遮住了，它在视野里越来越小，但主要原因是我们的航速飞快。很快，视野中的岛屿不见了，只剩下那团东西，黑沉沉地压在天边。

头顶上方的战斗机轰鸣，正向岛屿方向飞去。

"要开始了，" 霍尔伯格准将大喊道，"请转过头去，即便在这个距离，爆炸产生的光芒也可能致盲！"

我们遵循指令，背过身去。

不一会儿，爆炸声响起，地动山摇。只是几秒的时间，爆炸所产生的冲击波向我们重重袭来。似乎过了很久，将军才再次开口。

"你们想看的话，现在可以看了。"

我们转过身去。

黑岛的位置升起一朵巨大的蘑菇云，直冲天际。这朵蘑菇云的面积比岛屿更大，灰白奔涌，隐隐泛着一种古铜色，远远看去甚是壮观。我知道这是什么"武器"，我想起了广岛，以及他们在比基尼环礁进行的实验。我知道那是一种多么强大的力量，这应该是黑岛最后一次在太平洋上出现了，它会在这场爆炸中灰飞烟灭、尸骨无存。

霍尔伯格准将冷静地说道："我认为那个怪物不可能活下来。"

"我祈祷您是对的。" 什鲁斯伯里教授坚定地说道。

几个月过去了，我现在还记得什鲁斯伯里教授在与我们分别时，是多么冷静而沉重。我记得他说了一些深表同情的话，当时我尚不明白，但我现在知道了，尽管这个奇怪而智慧的老人那副墨镜后并没有眼睛，但他能看到许多东西，他看到了许多我自己都尚不知晓的，关于我的秘密。

　　我现在常常想起这件事。我与教授一行人在之前相逢的地方告别，我离开新加坡后，又去了柬埔寨、印度的加尔各答、永冻高原，最后坐船回了美国。现在驱使我行动的不仅仅是我对考古学的好奇，还有一种渴望探索自我的执念，不仅是我自己，还有我父母、我祖父母身上曾发生的事。因为这段共同的经历，我与什鲁斯伯里教授一行人分别时已结下了友谊。教授临别时说的话似乎充满了希望，但又隐隐带着一些预言的意味。他说，那个东西或许已经死于核弹，但我们必须意识到，这种来自外星的生物可能并不受限于地球上的科学法则。我们只能希望它死了。教授说，到此为止，即便他的目标尚未完成，但他也已经竭尽所能，现在只剩下保持警惕——我们还需要不间断地观察那些"门"，以防克苏鲁或其信徒，以及那些替旧日支配者干事的爪牙再次将其打开。

　　我们六人中，只有我一个人确信无疑，不是确信黑岛上那玩意儿被炸成了碎片，而是确信它一定还活着。我有一种自己无法解释的直觉，但我能感觉到拉莱耶还矗立于海底深处，它受到了一定伤害，但依然存在。生活在那些海底城市里的怪物，继续以它们的方式存在着，克苏鲁的信徒们仍然遍布七海与每一个港口，对它俯首称臣。

　　我回家后，终于意识到，自己为何会对深潜者、拉莱耶里的居民以及世世代代被唱诵着在"拉莱耶宫殿里长眠，等待降临"的克苏鲁感到一种亲近。我回到马萨诸塞州的家中，发现了为何我母亲一生中大部分时间都头戴面纱，发现了作为印斯茅斯韦特家的一员意味着什么。1928年，联邦政府为了消除那场在印斯茅斯居民中蔓延的恐怖瘟疫，同样消灭了韦特家族，包括了我的父母与祖父母。

因为，我的身体里还流淌着一部分深潜者的血液，它来自南太平洋上那一场见不得人的交配。我知道，它们现在格外仇视我，因为我是一个叛徒。即便是现在，我依然能感受到那种深海的召唤，我想回到印斯茅斯恶魔礁后大西洋里的伊哈－恩斯雷那片荣光之地，回到波纳佩岛附近气势恢宏的拉莱耶。同时，我也知道，作为一个叛徒，前往那里是多么的令人恐惧。

夜晚，我听到它们高喊着："霍瓦特·韦特！霍瓦特·韦特！"

我思索着，它们多久才会找到我呢？

正如什鲁斯伯里教授预测的那样，克苏鲁压根就不可能这么轻易地消失。旧日支配者与旧神之间的战争，远比那天那场抹杀了黑岛存在的爆炸更为剧烈。那场战争持续了很长时间，最后由全知全能、超越一切存在的旧神获得了最终胜利，将旧日支配者永远驱逐到了异维度的黑暗之中。

在我发现自己惊人的身世后，几周以来，我忍不住问自己——我们这六人团队中，谁会最先被那些爪牙发现呢？我不停地想象着，这件事会如何发生——显然，它们不会闹出大动静，而是会悄无声息的，以免惊动教授、安德鲁·费兰等人展开新一轮调查。

就在今日，报纸给我带来了答案。

格洛斯特，马萨诸塞州报——今日，新上任的牧师亚伯·基恩在格洛斯特附近游泳时溺水身亡。据说他被认为是一名出色的游泳健将，却在群众眼皮子底下溺水了。他的尸体尚未发现……

　　我忍不住问自己，下一个又会是谁呢？

　　在这漫长的日子里，还要过多久，那些克苏鲁的信徒才会把我抓去海底深处赎罪？在那一切深海的尽头，沉睡着伟大的克苏鲁。它在梦境中等待着苏醒，像旧日那样一统九州四海，再次成为万物之主。

出品人 张进步 程碧

特约编辑 韩彦仪
装帧设计 仙境设计
内文排版 张晓冉
内文插图 鲍里斯·多尔戈夫（Boris Dolgov）等
封面插图 阿卜酱